De basis op orde
Werken aan duurzame onderwijskwaliteit

Johan Spitteler

Uitgeverij OMJS

Colofon

Uitgeverij Onderwijs Maak Je Samen
Steenovenweg 50
5708 HN Helmond

Redactie: Michel van de Ven, Martine Creemers
Vormgeving: Mark Verlijsdonk

Eerste druk, 2019

ISBN: 978-90-79336-29-6
www.onderwijsmaakjesamen.nl

Inhoud

Voor succesvolle veranderingen is het nodig dat er langere tijd consequent dezelfde koers wordt gevaren. Ondanks de druk van buiten en de waan van de dag, moet het oorspronkelijke doel altijd in beeld blijven.

- Jim Collins, *Good to Great*

Binnen de perken zijn de mogelijkheden even onbeperkt als daarbuiten.

- Jules Deelder

INLEIDING

Een school die de basis op orde heeft, vertelt haar eigen verhaal.

Hoe weet je dat de basis op orde is?

Op de meeste scholen wordt hard gewerkt. Toch is niet overal 'de basis op orde'. Met die basis bedoelen we het fundament waarmee de kwaliteit van de school - onder alle omstandigheden - zichtbaar wordt gemaakt. Het is het met elkaar bepaalde repertoire, dat scholen in staat stelt flexibel in te spelen op de omstandigheden. Het fundament zet scholen ook op het spoor van toekomstgericht werken.

In dit boek gaat het niet alleen over onderwijskwaliteit en -verbetering. Het gaat om meer. Zo gaat het ook over leiderschap bij kwaliteitsontwikkeling, over fasen en (her)ontwerpen van leren. Het gaat over samen werken aan kwaliteit, terwijl er geen druk of urgentie bestaat vanuit bijvoorbeeld naderend inspectietoezicht.

Veel leren en veel weten over onderwijs en lesgeven leidt niet automatisch tot beter lesgeven en tot een basis die op orde is. En wat *zeker* niet werkt, is leraren uitleggen of vertellen hoe ze moeten lesgeven. Wij denken dat het leren in scholen vraagt om meer aandacht voor het inrichten van de processen die tot leren leiden.

Kwaliteitsplannen en -beleid zijn vaak broos. Kwaliteit van onderwijs is niet uit voorraad leverbaar. Echte kwaliteit wordt in de praktijk van alledag tevoorschijn getoverd, elke dag opnieuw. Plannen zijn niet leidend, de praktijk leidt. Als de basis op orde is, laten scholen en leraren zien hoezeer ze de praktijk van het lesgeven, het pedagogisch en didactisch handelen hebben afgestemd. Ze weten wat werkt doordat zij dat samen ervaren. En ze doen wat werkt met beredeneerde vanzelfsprekendheid. Ze hebben zelf de regie, ze bouwen en werken aan een stevig en duurzaam kwaliteitsfundament.

Als leraren *moeten* werken aan voorgeschreven schoolverbetering, dan is de mogelijke weerstand – en op termijn de mislukking – al aan de voorkant georganiseerd. Op tal van manieren zal scepsis klinken: 'Dit is niet het vak waar ik voor heb gekozen.' Bij 'de basis op orde' gaat het om het samen leggen van het kwaliteitsfundament van de school; het toont effectief professioneel leren dat is ingebed in een gezamenlijk design, een schooleigen, doordachte manier van werken, met de blik naar binnen én naar buiten. Er bestaat vrijheid om de beslissingen te nemen die passen bij de eigen uitdagingen en vragen. Van leidinggevenden wordt gevraagd om de verleiding te weerstaan om de praktijken voor te (blijven) schrijven en om de tijd te nemen om teamleden met elkaar uit te laten zoeken en te ervaren wat in hun context het beste werkt.

Het is zeker niet allemaal nieuw wat in dit boek staat. Zo her en der hebben we de inzichten gebruikt die volgens ons echt onmisbaar zijn bij het werken aan een basis die op orde is. Sommige onderdelen zullen wellicht clichématig overkomen, maar we constateren dat schoolteams er nog steeds mee worstelen. We gebruiken ook eigen ervaringen (onder andere uit eerdere publicaties van onze hand) en refereren aan onderzoek en literatuur.

De inspectie heeft in het toezichtkader bij schoolbezoeken naar de 'basiskwaliteit' gekeken. Het school- of instellingsbestuur wordt verantwoordelijk gehouden voor de kwaliteit en de continuïteit van het onderwijs. Daarom komen besturen en scholen of opleidingen in het vernieuwde toezicht samen in beeld. De inspectie wil actief bijdragen aan een verbetercultuur binnen besturen en scholen, zodat de betrokkenen de onderwijskwaliteit naar een hoger plan tillen.

De kernvraag voor de inspectie luidt: wat doet de school aan kwaliteitsverbetering?
Bij het vierjarig onderzoek staan daarom de volgende vragen centraal.

- Is er voldoende zicht op de onderwijskwaliteit en wordt er gestuurd op verbetering van de onderwijskwaliteit?
- Is er een professionele kwaliteitscultuur en functioneert het bestuur transparant en integer?

Een school die de basis op orde heeft, zoekt haar eigen weg. Uiteraard kijkt ze voortdurend met een schuin oog naar de eisen die de overheid aan deugdelijk onderwijs stelt. Scholen hebben veel ruimte, veel meer dan soms wordt verondersteld. 'Moet dat niet van de inspectie dan?' horen we nog regelmatig. Het toezicht spitst zich echter vooral toe op het zicht dat de school heeft op de ontwikkeling van elke leerling en op de onderlinge afstemming. Ook wordt aandachtig gekeken naar de mate van cyclisch werken. Nergens staat of wordt gesuggereerd dat complexiteit en/of dikke plannen nodig zijn om aan de eisen van de inspectie te kunnen voldoen. Voor de inspectie geldt bij het toezicht altijd: als we het niet kunnen zien, is het er niet! Datzelfde principe hanteren scholen bij het bouwen aan de basis: hoe maken we op elk moment van de dag zichtbaar wat we belangrijk vinden en hoe zorgen we hierbij ook voor 'bewijs(last)'?

Met schoolteams hebben we meegekeken en meegeholpen bij het beschrijven en borgen van de basiskwaliteit (ook met de voorbereiding op het inspectiebezoek in het achterhoofd). Leerlingen en ouders worden daar structureel en periodiek bij betrokken. Ze leveren een geweldige bijdrage en waarderen het dat ze die bijdrage kunnen leveren. Het geeft hun bovendien energie. De leraren hebben een krachtig verhaal. Ouders zeggen bijvoorbeeld: 'Ik had niet in de gaten dat jullie zoveel doen en sta ervan te kijken hoe goed doordacht het allemaal is.'

Per onderdeel van de basis op orde zetten teamleden de afspraken en de aanpak op papier in maximaal anderhalf A4'tje. Deze afspraken en deze aanpak zijn niet in beton gegoten. Ze gelden als tijdelijk werkbare overeenkomst (Wierdsma, Swieringa, 1999). Met alleen opschrijven zijn de leraren er namelijk niet: in de praktijk wordt de aanpak onderhouden en doorontwikkeld. Waar gewenst worden de afspraken op papier bijgesteld.

Hoofdstuk 1

Wat is de basis op orde?

Wat in de klas gebeurt, bepaalt alles.

Waaraan zie je of de basis op orde is?

Er is over het algemeen van alles voorhanden aan 'kwaliteitsbeleid' in scholen. Schoolverbetering is in theorie en zeker op papier helemaal niet zo moeilijk. Er is alom kennis beschikbaar over 'wat werkt' in scholen. De praktijk van alledag blijkt echter weerbarstig, ondanks alle plannen en beleid. Wellicht is al dat beleid wel één van de grootste problemen. Elk plan klinkt net zo plausibel als het vorige. Maar de ontwikkelingen in de praktijk die daaruit voortvloeien - kijk naar het gepuzzel met passend onderwijs - spreken boekdelen.

Bij het formuleren van voornemens en beleid wordt nogal eens 'vergeten' wat de betekenis van de plannen voor de leraren is. Wat wordt verwacht van mensen in de praktijk? Wat hebben zij nodig? Hoe wordt - ook voor de lange termijn - geïnvesteerd in en gebruikgemaakt van de expertise van leraren? Wordt er ook structureel en duurzaam ingezet op verbetering van de professionaliteit van leraren, op toename van kennis en vaardigheid?

Wij hebben zelf lang geloofd dat de percepties van mensen hun lespraktijken bepaalden. Stellig dachten we dat krachtige ideeën het gedrag van mensen konden beïnvloeden. We waren er bijvoorbeeld van overtuigd dat falende scholen vooral ontstonden door het onvermogen van leraren om hoge verwachtingen te koesteren, om te geloven dat elk kind kan leren. Om het nog concreter te zeggen: leraren zouden vanzelf beter gaan lesgeven, als hun houding meer vertrouwen in het leervermogen van leerlingen zou uitstralen. Deze visie wordt echter niet door bewijs ondersteund (Elmore, 2012).

Het is inmiddels duidelijk dat het er niet zoveel toe doet hoe mensen aankijken tegen ras, achterstandssituaties of bijvoorbeeld tegen hoe kinderen leren. De manier van lesgeven blijkt vooral te worden bepaald door hoe leraren in het verleden hebben lesgegeven. Tegelijk weten we ook dat mensen geweldig veerkrachtig zijn en dat ze goed in staat zijn om hun lesgeven bij te stellen in de richting van de ideeën die gewenst of in de mode zijn. Het is ook onomstreden dat in het onderwijs, met heel veel 'doeners'[1], de eigen lespraktijken veel scherper geobserveerd kunnen worden. We kunnen de overeenkomst tussen onze overtuigingen en ons feitelijke gedrag vaak niet zo goed beoordelen. In je eentje lesgeven en de autonomie van je eigen werksituatie koesteren is op zijn zachtst gezegd niet handig. Reflecteren gebeurt weliswaar elke dag, maar dat is niet genoeg. De ander is nodig.

Het is een ongefundeerde veronderstelling dat leerlingen en leraren precies weten wat hun te doen staat, dat ze beseffen hoe ze dat doen en - belangrijk - dat ze er zelf betekenis aan kunnen geven en genoegen aan weten te beleven.
Het is een leerzame constatering: bij grootscheepse verbetertrajecten bestaat de neiging om veel specifieker te zijn over de verwachte leerlingenprestaties dan over wat in klassen zou moeten leiden tot de gewenste resultaten. Zolang de lespraktijken in een school van klas tot klas grote verschillen laten zien, is duurzame, schoolbrede verbetering uitgesloten. Hetzelfde geldt voor

1 Kolb (1984) spreekt in zijn onderscheid van leerstijlen over accomodeerders.

scholen waar leraren niet gewend zijn om samen na te denken en te praten over dezelfde aanpak van hun instructie en hun manier van lesgeven.

Waar staat de school?

Als aan schoolteams wordt gevraagd in welke fase de school verkeert wat betreft kwaliteitsontwikkeling, dan weten leraren over het algemeen scherp aan te geven en te onderbouwen waar hun school staat. Dat geldt echter niet voor alle schoolteams. We komen ook teams tegen die fel en soms verontwaardigd aangeven hoe goed het team wel niet is, terwijl ze van de inspectie stevige kritiek hebben gekregen. De inspectie heeft het mis, het inspectiekader klopt niet, het bestuur laat hen in de steek en ga zo maar door. De vijand zit buiten.

In figuur 1.1 wordt de ontwikkeling van de school onderverdeeld in vier fasen, elk met hun eigen kenmerken. Dit schema is afgeleid van McKinsey & Company, dat de vierjarige PISA-beoordelingen analyseert. PISA (Programme for International Student Assessment) is een grootschalig internationaal vergelijkend onderzoek, dat wordt uitgevoerd onder auspiciën van de OESO, de Organisatie voor Economische Samenwerking en Ontwikkeling.

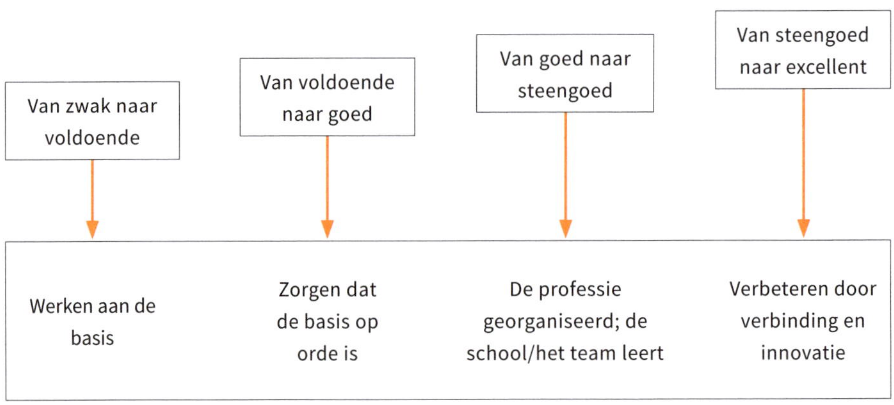

Figuur 1.1 *De basis op orde (vrij naar McKinsey).*
Afkomstig uit: *De mooiste weg (Spitteler, J. & Buijs, R., 2013).*

Elke fase laat specifieke factoren zien en vraagt om een verschillende aanpak, bijvoorbeeld wat betreft onderwijskundige accenten, werken aan het pedagogisch klimaat, sturing en leiderschap. Zo is het wenselijk dat de ruimte voor eigen repertoire voor leraren in fase 1 en 2 zeer beperkt blijft: geen eigen deuntjes, maar uiteraard wel behoud van de eigen kleur. In fase 3 en 4 hebben leraren wel volop ruimte. Als iedereen in fase 1 en 2 zonder af te stemmen zijn eigen accenten legt, terwijl het fundament niet in orde is, is dat vragen om moeilijkheden. Verbetering zal dan stagneren.

We schatten in dat op veel scholen de basis nog niet helemaal op orde is. De schoolleiding en het team zijn nog te weinig doordrongen van wat 'de basis op orde' voor hen betekent en wat dit van hen vraagt. Evenmin zijn ze doordrongen van de inrichting van het proces dat tot resultaat leidt. Als de basis niet op orde is, zal een school nooit duurzaam verbeteren en doorontwikkelen. Wat is er nodig in de context van een schoolsysteem? Wat vraagt het van de leiding? Hoe wordt het gedaan? En vooral ook: wat wordt er niet (meer) gedaan? Kortom, wanneer is de basis op orde? Vergelijk het maar met het bouwen van een huis: alleen met een solide fundament valt er goed (en ook vaak snel) te bouwen.

Onze ervaringen laten ons zien dat we scholen vaak terug zien in fase 2: ontwikkelen van voldoende tot goed. Het blijkt in de praktijk niet mee te vallen om van fase 2 naar fase 3 (steengoed) te komen. Onder meer doordat de onderlinge verschillen tussen leraren en hun aanpak vaak groot zijn, staan schoolontwikkeling en -resultaten op de tocht. Regelmatig variëren didactische en pedagogische aanpakken nog te sterk en zijn ook de taal en de interpretatie van begrippen verschillend. Het is onze stellige overtuiging dat deze grote onderlinge verschillen en het gemis aan individueel en samen verdiepend leren bijdragen aan de alom ervaren werkdruk. Daarbij komt ook dat de leraren op de meeste scholen overvolle borden hebben. Het ontbreekt nog al te vaak aan focus en precisie in de uitvoering; er wachten zoveel taken dat in de uitvoering veel half werk wordt geleverd. Halfslachtige implementatie blijkt echter kwalijker dan minimale of geen implementatie (Reeves, 2010). Het mag duidelijk zijn dat een gebrek aan focus en precisie niet bijdraagt aan leren van leerlingen én leraren.

In scholen zijn mensen over het algemeen vriendelijk voor elkaar. Scholen leven voornamelijk in het 'Land van Leuk & Aardig'. Dat heeft echter niet tot gevolg dat er diepgaand wordt samengewerkt. Mensen spreken elkaar nauwelijks aan op het doorgronden en nakomen van afspraken. De samenwerking blijft onder het gewenste niveau. Een adjunct-directeur die op een school binnenkwam, verwoordde het treffend: 'Ik ben beland bij een prachtige club van zzp'ers.'

Dit boek is geen pleidooi voor het gewoon maar opgeven van autonomie. Het is in de eerste plaats een oproep tot het verder optimaliseren van diepgaande samenwerking binnen scholen, met behoud van positieve autonomie. Dat gaat veel verder dan plezierig en collegiaal met elkaar omgaan. Als je ervoor kiest om te soleren, verlies je de verbinding die nodig is voor schoolontwikkeling en voor adequaat functioneren. Tegelijkertijd geldt: als je zwicht voor de druk en helemaal onder gaat in een groep, verlies je je identiteit (Fullan, 2015).

Toenemend vertrouwen

Naarmate een schoolsysteem sterker wordt, vindt een geleidelijke verschuiving plaats: van de focus op technische training in fase 1 – door (voorgeschreven) scholing en interventies – naar een groter vertrouwen in samenwerking, in ondersteuning en coaching van leraren en in gezamenlijke ontwikkeling van onderwijspraktijken.

Als de schoolontwikkeling zich op een hoger niveau bevindt, zijn nauwkeurig aangegeven aanpakken niet langer nodig. Dezelfde gewenste accenten, taal en aandachtspunten zijn immers overal in de school al zichtbaar en merkbaar. In zich ontwikkelende schoolteams neemt de individuele verantwoordelijkheid van leraren voor het collectief toe en verschuift het accent van een vooral centraal geleide aanpak naar toename van school- en zelfevaluatie door leraren. Door de samenwerking neemt ook de precisie in de uitvoering toe. In fraai Engels gezegd: om betere resultaten te bereiken richten zwakker presterende scholen zich op *raising the floor*, terwijl de beter presterende scholen focussen op *opening up the ceiling*.

Er bestaat zogezegd een correlatie tussen de fase van schoolontwikkeling en de gevraagde aanpak of sturing. Waar komt dat door? Een mogelijk antwoord is dat de belangrijkste uitdaging om scholen naar een hoger niveau te tillen is: het verschil in uitvoering tussen verschillende klassen en scholen minimaliseren. Het *moet* gewoonweg beter. Dit vereist dat onder de maat presterende leraren ondersteuning krijgen met hoogwaardig lesmateriaal en met werkwijzen en lesplannen die aangeven wat ze dagelijks in de klas (moeten) doen. Van de leiders vraagt dat – kort gezegd – dat ze alles in het werk stellen om te garanderen dat overal in de school de accenten en het didactisch repertoire van hoger niveau te zien zijn. We spreken in deze fase vooral over enkelslag leren. Het manco wordt opgelost door te zorgen dat er beter wordt onderwezen.

Als leraren meer eigen vaardigheid (begrip en inzicht) laten zien, bijvoorbeeld in scholen die zich van goed naar steengoed ontwikkelen, dan werken een strakke, directieve aanpak en controle vanuit de schoolleiding zelfs contraproductief als het gaat om schoolverbetering. (Het gaat hier om de mate van autonomie.) Sterker nog, schoolbrede flexibiliteit, wendbaarheid en de samenwerking tussen leraren worden dan de aanjagers van de verbetering, doordat zij tot verbetering leiden van het lesgeven en leren. Schoolbesturen leren van deze schoolgebonden innovaties en moedigen de toepassing ervan in andere scholen aan. Scharrelruimte genereert betrokkenheid en energie. Vaardiger leraren vragen om flexibiliteit in de aanpak en om mogelijkheden tot verbreding van hun lesrepertoire. Daarmee wordt hun betrokkenheid gegarandeerd, neemt de motivatie toe en weet de leraar zich erkend als professional.

Verbetering (fase 1-2)	Ontwikkeling (fase 3-4)
Vraagt met name om: • prestatieafspraken; • (administratieve) regels; • directieve sturing, de richting is bepaald; • 'gehoorzaamheid'; • saneren van negatieve autonomie; • scholing en training; • kwaliteitscontrole; • verantwoording & monitoring; • organiseren van 'halen en brengen'.	Het gaat het vooral over: • nieuwsgierigheid; • betekenisvol werk; • participatieve leiding, aansluiten bij passie en ambitie; • verder versterken van positieve autonomie, vrijheid & zelfsturing; • samen leren; • zin in leren en een onderzoekende houding; • dialoog; • samen creëren.

Figuur 1.2 *Accenten bij verbetering en ontwikkeling.*

Vooral in fase 1 en 2 gelden enkele niet-onderhandelbare afspraken. Iedereen draagt daaraan bij. In fase 3 en 4 zijn deze afspraken inmiddels gemeengoed en zijn ze zo ingeburgerd dat ze vanzelfsprekend zijn (en niet-onderhandelbaar blijven). Niet-onderhandelbaar zijn in ieder geval:

- de ambitie;
- de visie en het doel;
- de gewenste resultaten.

In de praktijk constateren wij nog vaak dat schoolleiders hun (realistische) ambities naar beneden toe bijstellen, onder druk van lastige omstandigheden of van leraren die negatieve autonomie koesteren. We horen regelmatig opmerkingen als: 'Ach, ze moet nog maar twee jaar.' Of: 'Nou ja, je weet hoe hij is.' We weten dat het ongemoeid laten van teamleden die zich negatief opstellen, uiterst schadelijke gevolgen heeft voor de schoolcultuur en -ontwikkeling. Hun invloed blijkt enorm, tot diepe (veelal stille) frustratie van de talloze goedwillenden.

Mindset

Kwaliteitsverbetering en het realiseren van 'de basis op orde' zien we in de eerste plaats als een kwestie van de juiste mindset. Leraren met de juiste mindset maken het verschil. Het begint met het koesteren van hoge verwachtingen van leerlingen én van elkaar. De manier waarop we denken en eerder hebben gewerkt, heeft een krachtige impact op de kwaliteit van het onderwijs.

John Hattie (2013) en anderen verduidelijken wat onder de juiste mindset wordt verstaan. Hattie beschrijft dat het goed is als leraren en schoolleiders denken vanuit de volgende acht denkkaders.

1. Het is onze overtuiging dat het onze fundamentele taak is het effect van onze manier van lesgeven te evalueren aan de hand van het leren en de vorderingen van leerlingen.
2. De successen en tegenvallers bij het leren van de leerlingen komen voort uit wat de leraren deden of niet deden. De leraren zijn de veranderdeskundigen, de change agents.
3. Het hoort meer over het leren te gaan dan over het onderwijzen. De school is een plaats om te leren, geen plek voor leraren om les te geven.
4. Toetsen en andere metingen leveren feedback op over de impact die leraren hebben op het leren van kinderen.
5. Leraren zijn vooral in dialoog; ze mijden de monoloog.
6. Leraren en teams houden van uitdaging en ze geven niet op: ze blijven 'hun best doen'.
7. Leraren beseffen dat het hun rol is om positieve relaties te ontwikkelen binnen de groep en binnen het lerarenteam.
8. Het is van belang dat iedereen ingewijd is in het onderwijsjargon. Een gemeenschappelijke taal en gedeelde begrippen zijn belangrijk.

Een belangrijk element van een samenwerkingscultuur vormt een groeimindset (*growth mindset*, Carol Dweck, 2007). Dweck beschrijft twee mindsets: de statische en de op groei gerichte. Een eeuwenoud vraagstuk ligt hieraan ten grondslag: liggen menselijke capaciteiten vast of kunnen mensen ze ontwikkelen? Vandaag de dag wordt breed omarmd dat het gaat om een wisselwerking tussen *nature* (aanleg) en *nurture* (opvoeding).
Hoe leraren kijken naar de mogelijkheid om kwaliteiten te ontwikkelen, heeft grote consequenties voor de leerhouding van leerlingen. Leraren die geloven dat de prestaties van de leerlingen het hele jaar hetzelfde blijven, krijgen gelijk: de prestaties blijven dan inderdaad gelijk. Bij leraren die ervan uitgaan dat de prestaties van de leerlingen kunnen groeien en die daarnaar handelen, ontwikkelen de leerlingen zich veel beter. Er valt dus veel te zeggen voor het werken aan een op groei gerichte mindset. Het van tijd tot tijd overdenken van de eigen aanpak en mentaliteit is al het halve werk. Ontwikkeling is veel minder een kwestie van talent dan van hard werken. Leerlingen (en leraren) hebben baat bij schoolbreed dezelfde consistente boodschap. Feedback van leerlingen en leraren is een krachtig middel.

Een cultuur van groei en ontwikkeling is bij 'de basis op orde' voorwaardelijk. Het is belangrijk om op school uit te stralen dat:

- vaardigheden als ontwikkelbaar worden beschouwd;
- er veel waardering bestaat voor leren en doorzettingsvermogen, niet zozeer voor de aanwezigheid van talent. De kracht komt van binnenuit.
- feedback stimuleert om te leren.

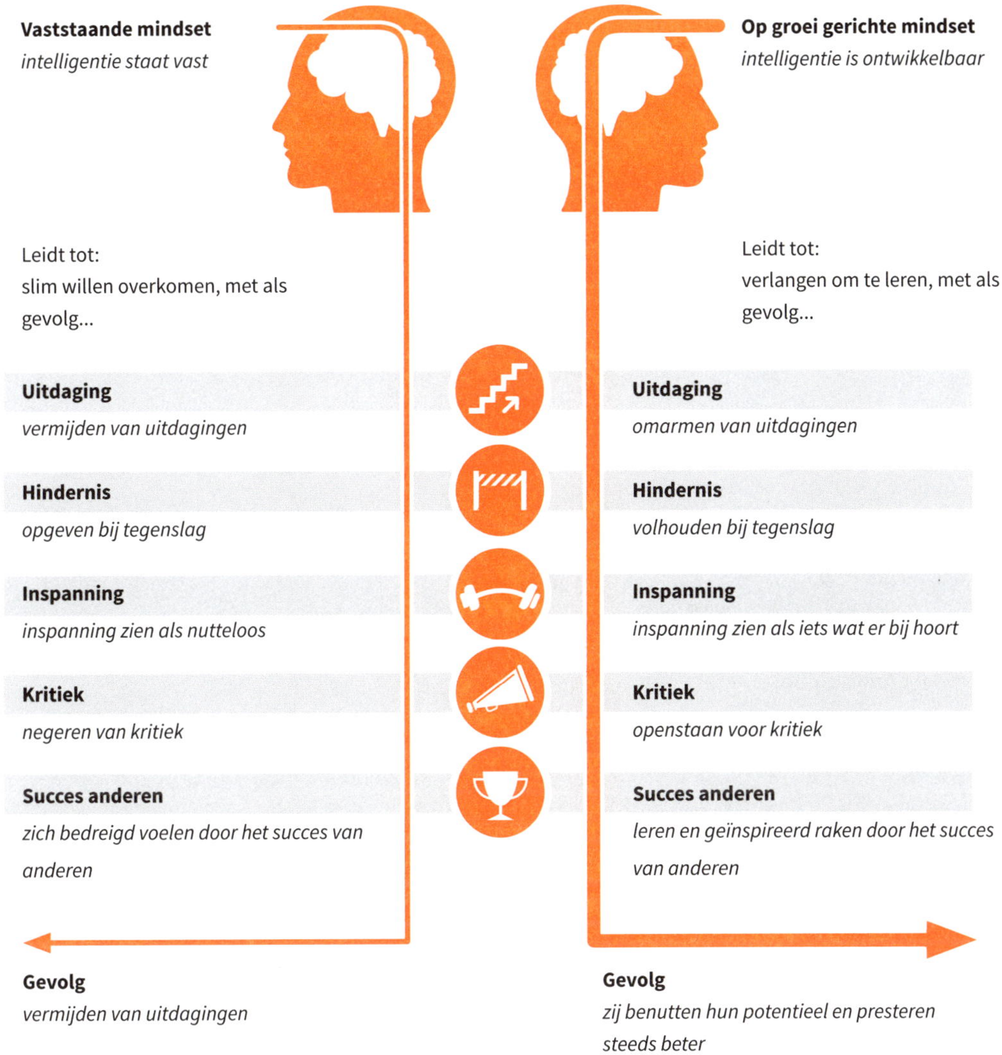

Figuur 1.3 *Vaststaande en op groei gerichte mindset (fixed or growth mindset, Carol Dweck).* Zie ook: *Van Eiland naar WIJland* (Creemers, M. en Heijmans, J., 2013) en *Stratosphere (Fullan, M., 2013).*

Werken aan de groeimindset: *de learning pit*

De *learning pit* wordt gebruikt om uitdaging, dialoog en een groeimindset te versterken. James Nottingham is de bedenker. Mensen – volwassenen en kinderen – worden gestimuleerd om alternatieven en tegenstrijdigheden te onderzoeken. Leerlingen (en leraren) worden aangemoedigd om bereidwillig buiten hun comfortzone te treden.

Learning pit

Zo ziet leren eruit

Figuur 1.4 *De learning pit (naar James Nottingham).*

De *learning pit* bestaat uit vier stappen.

1. Je krijgt te maken met een nieuw concept of een aan te leren vaardigheid: met een vraagstuk, een uitdaging of een moeilijke opdracht, bijvoorbeeld rekenen boven het tiental of breuken.
2. Je gaat aan het werk om het probleem op te lossen. Je begrijpt het nog niet meteen helemaal. Het wordt nog ingewikkelder door alle vragen die je zelf bedenkt bij het oplossen. Hoe ga ik dit doen? Welke aanpak ga ik hanteren? Je vindt het moeilijk en je denkt zelfs aan opgeven ('dat lukt mij toch niet'). Misschien word je zelfs angstig of zenuwachtig.
3. Je probeert het nog een keer, op een andere manier. Je houdt net zo lang vol tot je het probleem hebt opgelost of je het vraagstuk 'snapt'. Je krijgt zoetjesaan het gevoel dat je eruit gaat komen. Of je vraagt iemand om je te helpen, om uit te leggen.
4. Je hebt het probleem opgelost. Je kunt het. Je hebt de *learning pit* van 'niet kunnen en niet weten' naar 'weten en kunnen' overbrugd. Je kunt op het proces terugblikken. Je weet hoe je hier bent gekomen. Je hebt vertrouwen in jezelf. Dan heb je echt het leerproces doorlopen.

De *learning pit* blijkt leerlingen goed te ondersteunen bij het ontwikkelen van kritisch, creatief, zorgzaam en collaboratief denken. Het is een model dat leerlingen ook houvast biedt bij het denken en praten over leren. Het vergroot de zelfeffectiviteit van leerlingen. Wanneer de *learning pit* wordt gebruikt als een structuur om te leren, kan dit ook de scherpte van de leraar verbeteren en de succesverwachtingen verhogen. De *learning pit* kan metacognitieve vragen sturen, zoals de volgende voorbeelden.

- Vergelijk je laatste antwoord eens met wat je eerder dacht: wat zie je nu?
- Welke strategieën hebben deze keer het beste voor jou gewerkt?
- Wat kun je de volgende keer beter doen?

Simplexiteit

Naarmate vraagstukken complexer worden, bestaat veelal de neiging om met ingewikkelde antwoorden te reageren. Mensen en (school)organisaties zien zich steeds vaker geconfronteerd met situaties die vragen om betekenisgeving. De huidige tijd, doordrongen van complexiteit en vernieuwingen, vraagt om snelle en gecoördineerde reacties. Gebeurtenissen vinden in zo'n hoog tempo plaats, dat ze het overeind blijven van personen en organisaties bedreigen, evenals het succes van personen en organisaties. Er gebeurt elke dag zoveel op school dat onmiddellijke aandacht nodig heeft. Dat vraagt om 'simplexiteit', ofwel complexiteit van denken gecombineerd met simpliciteit van handelen. Er bestaan nauwelijks nog pasklare antwoorden. Denken is nodig om de omgeving, die dus in toenemende mate complex en willekeurig is, te organiseren en betekenis te geven. Handelen is nodig om situaties te verhelderen en dubbelzinnigheid te reduceren.

Simplexiteit is een term die komt van Jef Kluger (2007) en houdt in:
- bij een complexe kwestie een zo beperkt mogelijk aantal te veranderen wezenlijke factoren vaststellen (zoeken naar hefbomen);
- deze factoren met elkaar verbinden in lastige situaties waar strategisch handelen, macht en de waan van de dag samenkomen.

Johan Cruijff verwoordde het zoals alleen hij dat kon: 'Voetballen is heel simpel, maar het moeilijkste wat er is, is simpel voetballen.' Simpel werken vereist diepgang en doorgronden. Het mag gewoontjes ogen, maar niet simpel zijn. Fullan (2015) zegt er het volgende over: 'Waar het kiezen van de wezenlijke factoren al een moeilijke opgave kan zijn, is het verbinden van die wezenlijke factoren om tot het juiste handelen te komen niet eenvoudig.'

Leren van en met elkaar

Bij 'de basis op orde' bepalen teams – vanuit een positieve grondtoon – gezamenlijk de kennis en vaardigheden die nodig zijn voor succesvol leren. Ze investeren in en werken samen aan de lespraktijken die aansluiten bij de behoeften van de leerlingen. In de klassen worden de eigen en elkaars lespraktijken op hun waarde geschat. De volgende ontwikkelstappen worden bepaald als duidelijk is wat de impact van de acties op de huidige lespraktijken is. Deze cyclus wordt herhaald. Leraren reflecteren op lespraktijken en passen hun praktijken aan op basis van collectieve

en zorgvuldige evaluatie van de huidige resultaten en de gang van zaken op dit moment. De kernvraag luidt steeds: wat is geschikt voor deze leerlingen in deze omstandigheden?
Deze manier van doen verschilt van de traditionele aanpak, die vaak gebaseerd is op het werken aan specifieke onderwerpen, bepaald en geprioriteerd door anderen, en die daardoor de verbinding mist met de echte problemen die bij lesgeven worden ervaren.

De basis op orde krijgen doe je samen. Voordat teams zo ver zijn dat ze intensief samenwerken, moet er soms veel gebeuren. Dat is van invloed op de te hanteren strategie. In teams waar de leraren elkaar serieus nemen, ondersteunen ze elkaar en delen ze hun ervaringen. Het is leren *van* en *met* elkaar. De beste resultaten worden bereikt met gedeelde verantwoordelijkheid en het collectieve gevoel van samen aan de slag te zijn.

Werken aan ‘de basis op orde’ brengt risico’s met zich mee, maar levert tegelijkertijd veel op. Het is spannend voor leraren en geeft ook regelmatig een ongemakkelijk gevoel. Het valt niet mee voor leraren – of voor wie dan ook – om hardop te erkennen dat ze niet alle antwoorden weten. Daar word je onzeker van. Deze psychologische staat wordt het bedriegerssyndroom genoemd (Katz et al., 1985). Er is sprake van ‘een innerlijke stem’ die fluistert: ‘Ik heb geen idee hoe het komt dat ik doe wat ik doe, maar hopelijk komt niemand erachter.’ Echte kwaliteitsverbetering vraagt om een kwetsbare opstelling.

Csikszenmihalyi (1990) merkt daarentegen op dat mensen tegelijkertijd het worstelen met uitdagingen de plezierigste tijd van hun leven vinden, ondanks het ongemak. Het geeft energie. Zodra nieuwe inzichten worden gerealiseerd, ervaren leraren dat het de moeite van het investeren meer dan waard is geweest. Het geeft kracht om samen te werken om de uitdagingen op te lossen die leraren in de praktijk elke dag tegenkomen.

Het proces is weerbarstig. Leraren ervaren het soms ook als dubbelzinnig. Ze zijn over het algemeen niet zo gewend om de ruimte te krijgen om hun eigen en gezamenlijke professionele leren vorm te geven. Ook is niet altijd precies aan te geven wat de uitkomst van de inspanningen wordt. Er bestaat geen helder uitgelijnd pad, als het gaat om het werken aan adaptieve uitdagingen. Mensen raken uit hun evenwicht, maar het ervaren van cognitief ongemak is geen lastige bijkomstigheid als je samen de basis op orde probeert te krijgen; het is een essentiële voorwaarde bij nieuw leren. Naarmate het team vordert bij het werken aan de adaptieve uitdaging, wordt het pad vanzelf duidelijker.

Reflectievragen
- Evalueren leraren regelmatig op het effect van hun handelen?
- Durven collega’s elkaar aan te spreken?
- Mogen ze fouten maken?

De basis op orde: wat wel en wat niet?

De basis op orde gaat niet alleen over de praktijken in de school, maar ook over de duurzame ontwikkeling van de totale organisatie met het oog op de toekomst. In scholen bestaat alom complexiteit. Hoe maak je de organisatie 'simpeler', zodat de school nog beter toekomt aan de kerntaken? Hoe zorg je ervoor dat schoolteams stoppen met stapelen en dat ze toekomen aan implementeren en doorontwikkelen? Daar gaat 'de basis op orde' vooral over. Figuur 1.5 geeft een overzicht van kenmerken die daarbij horen – en van de kenmerken die daar niet bij horen.

Wat wel?	**Wat niet?**
Een cyclisch en iteratief proces (stapje voor stapje) om het leren van de leerling en de praktijk van het lesgeven te verbeteren	Lineair of stap voor stap gepland, een checklist met acties
Gebaseerd op onderwerpen die aansluiten bij de behoeften van de leerlingen en van de deelnemende leraren	Gebaseerd op onderwerpen die worden bepaald en geprioriteerd door iemand anders dan de leraar
Degenen die de plannen uitvoeren, zijn betrokken bij het maken van de plannen	Van bovenaf opgelegd of geleid en bepaald door experts van buiten
Gefaciliteerd van binnenuit, door leden van het team	Gefaciliteerd door derden, bijvoorbeeld experts van buitenaf
De diepe implementatie van nieuwe en andere lespraktijken	Harder werken; meer van hetzelfde doen en dan betere resultaten verwachten
(Kleine) concrete plannen zijn nodig, de praktijk is leidend	Een plan dat de koers bepaalt
Een mindset, een manier van denken, het besef dat wat we doen van belang is en dat het van groot belang is dat we schoolbreed afgestemde praktijken uitvoeren en dat we evalueren wat het effect van onze acties is op het leren en presteren van de leerlingen	Een mindset, een manier denken, het geloof dat we niet alle leerlingen zullen bereiken, wat we ook doen
Regelmatig uit de comfortzone, soms pijnlijk, maar ook energie gevend; kwetsbaar durven opstellen	Risicoloos
Soms een weerbarstig proces; gewoonten veranderen kost moeite	Een helder uitgelijnd pad

Figuur 1.5 *De basis op orde: wat wel en wat niet?*

Het kader

> Een lerende school is
> in eerste instantie
> een communicerende school.

Aangeven wat werkt in scholen, om precies te zijn wat gaat werken bij onderwijsverbetering, vinden wij het betreden van gevaarlijk terrein. Voorschriften voor handelingen zijn uit den boze. Hooguit bestaan er hypothesen en zijn voorbeelden te geven voor het intelligent oplossen van vraagstukken (Dewey, 1938). Wat uit onderzoek voortkomt, gaat over wat in het verleden heeft gewerkt en niet over wat nu in een willekeurige school werkt en zal werken. Elke situatie is immers verschillend. Gewone mensen kunnen samen prachtige scholen maken en schitterende resultaten behalen, als ze aan de slag gaan met wat we weten, met inzicht, precisie en doorzettingsvermogen. Hun doel hoort echter ook realistisch en redelijk te zijn en haalbaar zonder bovenmatige inspanningen.

Het kader in de volgende paragraaf valt te beschouwen als een instrument dat schoolteams kunnen gebruiken om zelf gerichter te komen tot effectief en doordacht handelen in hun specifieke omstandigheden. Het hanteren van – veelal door anderen – bedachte strategieën en het eenvoudigweg toepassen van regels voor het handelen leidt maar zelden tot duurzame kwaliteit. 'De basis op orde' is niet het antwoord op technische vragen. Lesgeven is immers veel meer dan een technische vaardigheid. Onderwijs is in de kern een morele praktijk (Elliott, 2001). De vraag is steeds niet zozeer wat er mogelijk is of 'moet', maar wat er onderwijskundig en pedagogisch wenselijk is. Wat is geschikt voor deze leerlingen in deze omstandigheden?

Met inachtneming van het bovenstaande hebben we een ruim kader gemaakt om systematisch aan kwaliteitsverbetering te werken, om het eigen schoolfundament te kunnen leggen en/of aan te scherpen. Dit kader is ongetwijfeld niet volledig en zeker niet uitputtend. Het is bedoeld om samenhang in de acties op school aan te brengen en om deze acties op een doordachte manier te kunnen sturen.

Het kader is ontstaan met en door leraren en schoolleiders; in workshops, trainingen en bijeenkomsten met schoolteams, door het delen van praktijkervaringen, gebruikmakend van theoretische achtergronden. De essentie is hoe alles in het teken van leren te krijgen, met taal/lezen en rekenen/wiskunde in de kern en daaromheen creativiteit, techniek, muziek, structuur, passie en doelen.

De basis op orde

1. De school die een plaatje is om te zien; en waar het leren zichtbaar is
2. Gedeelde instructiepraktijken
3. Optimale leerlingenbetrokkenheid
4. Feedback (*Feedback op, tussen en door alle lagen*)
5. Coöperatief leren
6. Doorgaande lijn
7. Afgestemd klassenmanagement
8. Beweging, licht en frisse lucht
9. Spel

Nogmaals, we hebben niet de intentie om voor te schrijven, we willen slechts richting duiden. Het gaat over het benodigde didactisch repertoire. In bijlage 3 hebben we per fase aangegeven welke accenten zoal mogelijk zijn. Het is aan leidinggevenden en teams om hun eigen accenten te doordenken en af te stemmen. We zien graag dat scholen hun eigen weldoordachte 'basis op orde' formuleren. Alleen in een geleidelijk en collectief gericht groeiproces, in een dialoog waarin individueel en samen wordt geleerd, verbetert de kwaliteit van de school. Opvattingen van leraren maken deel uit van hun professionele identiteit.

1. De school die een plaatje is om te zien; en waar het leren zichtbaar is

De leeromgeving is uitdagend, geordend en gestructureerd. Leerlingen weten en kennen de weg. Leren is zichtbaar: er zijn kennismuren en de doelen zijn zichtbaar. Als het lesgeven en het leren duidelijk zichtbaar zijn, is de kans groter dat de leerlingenprestaties verbeteren.

De school is opgeruimd, schoon en gezellig. De inrichting nodigt uit tot leren. Het leren is zichtbaar in de school. Doelen zijn elke les zichtbaar en bekend bij of samen bepaald met de leerlingen. Lessen worden steevast geëvalueerd. De meeste methodes spelen hier inmiddels op in.

Leren is niet het geheim van de leraar, leerlingen worden betrokken bij het opstellen van plannen en programma's, bij het bepalen van doelen en bij de evaluatie van het geleerde. Aan het begin van de les komen de meeste vragen van de leerling, niet van de leraar. Bij het bekijken van de impact van de leraar en de les gaat het niet enkel om de effectiviteit, maar ook om de efficiency.

De muren van de lokalen worden gebruikt als derde leraar. Leerstrategieën, het gehanteerde instructiemodel, de samen gemaakte afspraken enzovoort kunnen leerlingen terugvinden aan de muur.

Reflectievragen

- Is jouw school een plaatje om te zien? Opgeruimd? Gezellig? Uitnodigend?
- Is het leren overal zichtbaar? Kun je in de school zien wat de bedoeling is?
- Hoe wordt het leren zichtbaar gemaakt?

2. Gedeelde instructiepraktijken

Bewaak om te beginnen de lestijd, wees er zuinig op. In Japan spreekt men over 'heilige tijd' en geldt verstoring van het leerproces als een kwalijke zaak. Zorg er bij alle leraren voor dat lesgeven geen ongewis avontuur kan zijn. Variatie tussen leraren is op zich prima, maar tegelijk is het verstandig om de wijze van lesgeven goed af te stemmen. Scholen worden simpelweg betere scholen naarmate leraren beter en vergelijkbaar lesgeven.

Kinderen ontwikkelen zich van nature op een speelse en verbeeldende manier. Tegelijkertijd is structuur in het lesgeven nodig. Het hanteren van hetzelfde instructiemodel door de school heen biedt kinderen houvast. Er zit uiteraard een groot verschil tussen het rigide hanteren van een instructiemodel en het 'spelen' ermee in een rijke leeromgeving.

Leerlingen van tevoren zeggen wat ze gaan leren, hun instructie geven, laten oefenen en hun weer vragen of ze nu weten en kunnen wat jij wilde dat ze zouden weten en kunnen: het doet leerlingen geen goed, als je wilt dat ze op die manier leren en zich ontwikkelen. Hattie (2012) concludeert: 'De beste lesmethodes zijn gebaseerd op de invloed die leerlingen op elkaar uitoefenen, op feedback, transparante leerintenties en succescriteria. Daarbij worden verschillende strategieën toegepast, die werken aan zowel oppervlakkige als grondige kennis.'

Reflectievragen

- Is in jouw school de wijze van lesgeven onderling afgestemd? Hoe?
- Hoe wordt de gedeelde instructiepraktijk onderhouden?

3. Optimale leerlingenbetrokkenheid

De verhouding tussen praten en luisteren ligt in veel lokalen nog scheef. De leraar doet er goed aan om niet zoveel te praten en meer te luisteren. Luisteren is een van de belangrijkste taken van de leraar. Daarbij is voorzichtigheid geboden en begrip nodig voor het gezichtspunt van de leerling.

De meeste vragen die in een klas worden gesteld, komen niet van de leerlingen, maar van de leraar. Het zijn vooral cognitieve vragen van een lager niveau. Er kan nog veel meer aandacht komen voor vragen die de moeite waard zijn om te stellen: vragen die leiden tot dialoog.

De betrokkenheid neemt toe naarmate het onderwijs uitdagender is. Ook het inspelen op verschillen tussen leerlingen komt betrokkenheid ten goede. Bredere prestaties ontstaan vooral als leerlingen kortere, levensechte opdrachten krijgen. De focus op hun gedachten, gevoelens en overtuigingen maakt leerlingen actief (Fullan, 2015).

Reflectievragen

- Hoe staat het in jouw school met de betrokkenheid van de leerlingen?
- Hoe wordt er systematisch werk van gemaakt? Met welke opdrachten? Met wat voor vragen?
- Wie heeft het hardst gewerkt aan het eind van de dag: de leerling of de leraar? Zijn leerlingen leerpartners? Wordt er met hen samengewerkt?

4. Feedback

De meeste feedback die leerlingen krijgen, komt van medeleerlingen. En die is in veel gevallen fout.

Feedback is een krachtig middel, mits het goed gehanteerd wordt. We merken dat feedback op dit moment nog vooral wordt gebruikt bij de correctie van gedrag. Belangrijke feedbackvragen zijn echter de volgende drie vragen.

1. Waar ga ik heen, wat zijn mijn doelen?
2. Hoe sta ik ervoor, welke vooruitgang is er?
3. Wat is de volgende stap?

Veel feedback die de leraar geeft, ontvangt de leerling niet goed. Het is de kunst voor de leraar (en voor de leerling) om feedback te geven die goed wordt ontvangen. Dit vraagt om onderlinge afstemming op alle lagen. Goede feedback gaat altijd over drie zaken: de taak, het proces en het door leerlingen zelf inrichten van het werk. Leraren zijn zich ervan bewust dat leerlingen liever feedback over vooruitgang horen dan corrigerende feedback. Het toetsen van wat er is geleerd (*assessment of learning*) verschuift dan meer en meer naar 'toetsen voor' (*assessment for learning*).

Ook feedback voor leraren is essentieel, met bijvoorbeeld de volgende vragen.

- Aan wie gaf je 'goed' instructie en aan wie niet? Hoe weet je dat?
- Wat ging goed bij het lesgeven en wat niet?
- Wat is sterk, waar zitten hiaten, wat is er bereikt, wat moet er nog gebeuren?
- Hoe richten we het proces zo in, met leerlingen én leraren, dat het geven van feedback gemeengoed wordt?

Reflectievragen
- In welke mate wordt in jouw school overal (en op alle lagen) feedback gegeven?
- Hoe wordt feedback gegeven?
- Gebeurt dit systematisch en periodiek?

5. Coöperatief leren

Coöperatief leren is een sterk middel. Het overtreft alternatieven als individueel leren, heterogene lessen of competitief leren. Coöperatief leren kent vijf basisprincipes.

1. Positieve wederzijdse afhankelijkheid: de opdracht kan alleen succesvol uitgevoerd worden, als elk kind in het groepje zijn bijdrage levert. De didactische structuren zorgen ervoor dat elke leerling actief deelneemt aan de taak. Ook de bijdrage van de zwakke leerlingen doet ertoe, wat een positieve invloed heeft op hun zelfbeeld.
2. Individuele verantwoordelijkheid: elke leerling is verantwoordelijk voor zijn eigen bijdrage aan het geheel van de opdracht. De leraar kan terugzien wat elke leerling gedaan heeft.
3. Directe interactie: de leerlingen wisselen hun ideeën, hun kennis en hun meningen samen uit. De kwaliteit van de interactie is doorslaggevend voor het leerproces en de uitkomst van de opdracht.
4. Samenwerkingsvaardigheden: de leraar selecteert per les een vaardigheid, schenkt hier vooraf aandacht aan en komt hier bij de evaluatie op terug.
5. Evaluatie van het groepsproces: de leerlingen bespreken eerst in hun groep hoe de samenwerking verliep. Daarna volgt evaluatie in de hele groep.

Het effect van coöperatief leren neemt toe naarmate de leerlingen een bredere kennisbasis hebben. Coöperatief leren draagt bij aan het doorgronden van concepten, aan het verbaal oplossen van problemen, aan categoriseren, aan het oplossen van ruimtelijke vraagstukken, aan onthouden en geheugentraining en aan raden-beoordelen-voorspellen (Hattie, 2012). 'Als je de academische prestaties van leerlingen wilt verhogen, geef hun dan een vriend.' (Roseth et al, 2006).

Reflectievraag

Hoe wordt coöperatief leren ingezet in jouw school? Structureel?

6. Doorgaande lijn

De 'doorgaande lijn' is een containerbegrip, waarover in scholen makkelijk spraakverwarring ontstaat. Goed aanbod draait om herkenbaarheid voor de leerlingen en sluit aan bij hun ontwikkeling. Wat goed is voor de leerling, staat centraal. De doorgaande lijn wordt zichtbaar, wanneer leraren zich bij alles wat ze in school doen als eerste afvragen of het goed is voor de leerling en voor de school. De vraag of het ook goed is voor henzelf, komt pas als laatste.

De pedagogische huisstijl maakt deel uit van de doorgaande lijn en omvat een gezamenlijke gedragsstijl met bewegingsvrijheid: 'zo gaan we hier met leerlingen en met elkaar om'.
Er gaat kostbare tijd verloren als leraren de eerste weken van het schooljaar nodig hebben om 'de klas naar hun hand te zetten'.

Het is belangrijk dat de leerling in het leerproces zo min mogelijk overlap, breuken of gaten ervaart. De overgang naar de volgende groepen hoort uiteraard logisch en soepel te verlopen. Leerlingen moeten zich niet steeds opnieuw aan hoeven te passen, doordat de omgeving onvoorspelbaar is door weer andere regels en andere manieren van werken. Dat zit hun ontwikkeling in de weg en is bovendien zonde van de tijd. We kennen scholen die in elke groep een ander stiltesignaal hanteren! Waarom? Gaat anders de eigenheid van een leraar verloren?
Pas als kinderen kunnen opgaan in hun spel of hun leeractiviteiten, zetten zij een volgende stap. Een nieuwe omgeving kan boeiend, uitdagend en spannend zijn en leerlingen kunnen daar ook iets van leren. Maar scholen doen er goed aan te zorgen dat leerlingen zich de omgeving snel eigen kunnen maken, zodat ze toe kunnen komen aan hun eigen ontwikkeling, aan hun ontwikkelingsdrang van binnenuit.

De doorgaande lijn gaat verder dan methodeboeken en leerlijnen op elkaar laten aansluiten. Op dit gebied hebben veel scholen nog te winnen. Een goede afstemming van de aanpak en het handelen met de overdracht (aansluiten bij het actuele niveau) helpt daarbij.

Reflectievragen
- In welke mate is er in jouw school sprake van een doorgaande lijn?
- Hoe wordt daaraan gewerkt?

7. Afgestemd klassenmanagement
Klassenmanagement gaat over de manier waarop leraren het onderwijs organiseren. Het omvat alle maatregelen die schoolteams nemen om een ideaal leer- en werkklimaat te creëren. Bij afgestemd klassenmanagement zien we duidelijkheid, betrouwbaarheid en voorspelbaarheid in tijd, ruimte, activiteit en communicatie, door de hele organisatie: er is een goed basisklimaat. Het gaat daarbij niet alleen om regels, maar om meer aspecten: de inrichting van het lokaal, de lesinhoud, de methoden, de manier van werken, de instructie en de relatie tussen leraar en leerlingen.

Klassenmanagement stelt eisen aan de organisatorische vaardigheden van leraren. Die organisatorische vaardigheden zijn onmisbaar bij het managen van een klas. Naast het organiseren zelf gaat het om het plannen, coördineren, leiden en controleren van leeractiviteiten. De leraar moet het onderwijs zo organiseren dat alle leerlingen voldoende aandacht en tijd krijgen om te leren. Uiteraard worden de regels en afspraken samen met de leerlingen gemaakt; leerlingen zijn daar niet alleen bij betrokken, ze zijn er ook zelf verantwoordelijk voor.

Klassenmanagement biedt duidelijkheid voor de leerlingen en de leraren. Het is mooi om te zien hoeveel leraren elkaar helpen bij de effectieve inrichting van het lokaal. Een goed ingericht lokaal straalt rust uit. Al bij het binnenlopen van een school is te zien of er sprake is van afgestemd klassenmanagement.

Reflectievragen

- In welke mate helpen de leraren in jouw school elkaar bij het zorgen voor effectief klassenmanagement?
- Hoe werken ze eraan?

8. Beweging, licht en frisse lucht

Van veel zitten gaat niemand beter leren. De Nederlandse leerling heeft in de school over het algemeen een zittend bestaan. In het rapport *The imbalance between European children's active and inactive behaviors at school* (2015) staat een aantal verontrustende cijfers, bijvoorbeeld:

- alle Europese kinderen brengen 65% van hun schooltijd zittend door en 5% met gematigd tot intensief bewegen;
- meisjes zitten gemiddeld meer (67%) dan jongens (63%);
- kinderen met overgewicht besteden minder tijd aan intensief bewegen (4%) dan kinderen met normaal gewicht (5%);
- Nederlandse kinderen scoren relatief laag vergeleken met de andere landen.

Bewegen is niet alleen belangrijk om gezond te blijven, stellen de Nederlandse Sportraad, de Onderwijsraad en de Raad voor Volksgezondheid en Samenleving (RVS). Leerlingen worden door te bewegen ook handiger en leniger; ze leren beter om te gaan met elkaar en krijgen meer zelfvertrouwen, zelfinzicht en zelfbeheersing. Bewegen heeft daarnaast ook een positief effect op bot- en spierontwikkeling, op hersenontwikkeling en op de preventie van overgewicht.

Iedereen weet natuurlijk wel hoe goed bewegen is en er zijn steeds meer scholen waar kinderen volop bewegen en dagelijks genieten van frisse lucht. Maar op andere scholen krijgen leerlingen nog steeds beduidend minder kansen. Bewegen gaat niet alleen om sport of gym, maar vooral ook om de combinatie van bewegen en leren. Die combinatie zorgt voor betere leerprestaties: er komt meer zuurstof in de hersenen, waardoor leerlingen niet alleen meer kunnen onthouden, maar ook hun empathisch vermogen wordt versterkt. Bewegen in klassen zorgt voor hele nieuwe dynamieken, waarin meer ruimte ontstaat voor sociale interactie, vrij spel en ontdekken. Leerlingen willen regelmatig veel en vrij bewegen; energizers tussen de lessen door zijn niet alleen plezierig, ze zijn ook nuttig.

Reflectievraag

Wat is de situatie op jouw school: veel bewegen of veel zitten? Krijgen leerlingen volop frisse lucht?

9. Spel

Spelen is essentieel voor leerlingen. Muziek is dat ook en ook daar kan op veel scholen meer aandacht aan worden besteed.
Vygotsky beweert dat jonge kinderen op een hoger ontwikkelingsniveau functioneren als ze spelen.
Leerlingen leren door te spelen allerlei nuttige vaardigheden. De Amerikaanse neuro-wetenschappers Sandra Aamodt en Sam Wang (2012) geven aan dat spelen onmisbaar is bij het voorbereiden van kinderen op het echte leven. Het belangrijkste element daarbij is dat kinderen leren hun gedrag in de hand te houden. Bordspellen, muziek maken of het bouwen van een legokasteel vergt controle over emotionele impulsen. Kinderen mogen stukken pas verschuiven als het hun beurt is, ze dienen zich te houden aan een bepaalde melodie, aan regels of aan een van tevoren bedacht plan over wat ze gaan bouwen.

Plezier in het spel – en ook nieuwsgierigheid – stimuleren het leren. Aamodt en Wang hebben een belangrijk advies: zorg voor ontspanning. Van persen, stapelen en harder werken wordt het niet beter op scholen.

Reflectievragen

- Is er op jouw school gestructureerd aandacht voor spel?
- Zit er lijn en opbouw in?

Het begint, staat of valt met (nieuwe) pedagogiek

> Wij troosten kinderen en spreken ze streng toe.
> Wij stimuleren en corrigeren.
> Wij maken geintjes en ons soms zorgen.
> Wij proberen – het hoge woord moet er maar uit –
> mede zin te geven aan een kinderbestaan.
> Dus koester de intimiteit van je groep.
> Demp het licht.
> Lees en leef voor en wees belangrijk.
>
> - Freek Faber

Jaren geleden schreef Freek Faber de bovenstaande tekst. Voor ons waren zijn woorden een schot in de roos. De rol van leraren verandert weliswaar, maar wordt daarmee niet minder belangrijk. Ken Robinson noemt de 'nieuwe' leraren mentoren met vier belangrijke rollen: herkennen, aanmoedigen, faciliteren en verdiepen. Het is lang niet genoeg om 'wat werkt' uit te voeren; het gaat veel meer om wat onderwijspedagogisch wenselijk is voor leerlingen.

De pedagogische aanpak van een school maakt een wereld van verschil voor het welzijn en leren van leerlingen, zeker in dit tijdsgewricht. Scholen met een overheersend autoritair klimaat zorgen voor negatieve sociale ontwikkeling. Kinderen zullen hun passie en doel niet kunnen vinden. Fullan (2015) schrijft: 'We hebben leerlingen nodig die proactief aan het roer staan van hun eigen hoe-te-leren-proces.'
Op scholen met een autoritatieve stijl doorlopen leerlingen een positievere sociale ontwikkeling (*Journal of Abnormal Child Psychology*, 2015). Deze stijl van werken heeft grote invloed op het welzijn van leerlingen. Op de school ligt de focus op ondersteuning, emotionele warmte en responsiviteit.

De Noord-Amerikaanse psychologe en pedagoge Diana Baumrind (1971) beschreef als eerste (ouderlijke) opvoedingsstijlen en kwam tot een indeling in de volgende categorieën:

- democratisch (autoritatief): veel betrokkenheid en veel controle;
- toegeeflijk (permissief): veel betrokkenheid en weinig controle;
- autoritair: weinig betrokkenheid en veel controle;
- verwaarlozend: weinig betrokkenheid en weinig controle.

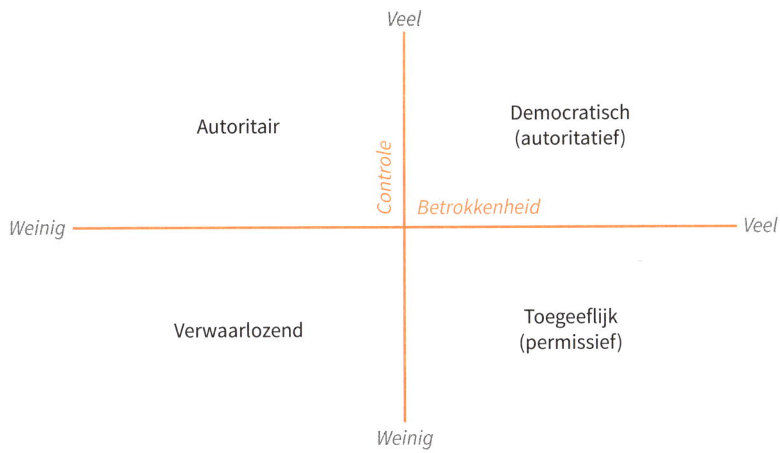

Figuur 1.6 *Opvoedingsstijlen volgens Baumrind (1971).*

De autoritatieve opvoedingsstijl in de school

Wikipedia omschrijft een autoritatieve opvoeding als volgt: '[...] een opvoedingsstijl die zowel betrokken, begripvol en accepterend als controlerend, veeleisend en gezaghebbend is tegenover het kind. Deze stijl van opvoeden stelt redelijke grenzen, geeft uitleg, toont begrip en doet al deze dingen met gezag.' Wij volgen deze definitie. Het gedrag van leerlingen wordt op de gewenste manier beïnvloed, waarbij voortdurend wordt gezocht naar een balans tussen ruimte geven en toezicht houden.

Gezag heeft niets te maken met macht. We onderscheiden twee soorten gezag. Expertgezag krijgen leraren door goed in hun vak te zijn en doordat leerlingen dat meekrijgen. Verworven gezag groeit wanneer leerlingen en ouders iets van leraren accepteren, omdat ze hen waarderen en respecteren. Die leraren worden ervaren als eerlijk, betrouwbaar en zorgend: een leraar met 'oog en oor' voor de leerlingen.

Werken aan een pedagogische huisstijl

De OESO is in het lijvige rapport *Foundations for the Future* (2016) kritisch over de staat van het Nederlandse onderwijs. Nergens ter wereld zijn scholieren zo ongedisciplineerd en ongemotiveerd als in Nederland. Klassen worden 'onordelijk en rumoerig' genoemd. Er is ruimte voor verbetering. Meer orde en rust zouden het leerklimaat ten goede komen. De onderzoekers schrijven dat Nederland een slecht 'disciplinair klimaat' in de klas heeft. Vooral het voortgezet onderwijs heeft hierbij veel te winnen.

Enkele opmerkingen uit het rapport zijn:

- 'Leerlingen luisteren niet goed naar wat de leraar zegt.'
- 'Er is veel lawaai en wanorde.'
- 'Leraren moeten in Nederlandse scholen lang wachten, voordat leerlingen rustig worden.'
- 'Pas lang na het begin van de les gaan de leerlingen aan het werk.'

Per saldo is het onderwijs in Nederland toch behoorlijk goed, aldus de OESO. Relatief veel Nederlanders (44% van de 25- tot 34-jarigen) hebben hoger onderwijs genoten. In wiskunde, natuurwetenschappen en taalbeheersing presteren Nederlandse leerlingen beter dan de meeste Europese leeftijdsgenoten – zij het minder goed dan scholieren in Aziatische landen, waar het accent op de cognitieve ontwikkeling echter scherpe schaduwzijden kent.

Als leraren een bepaalde opvoedingsstijl voorleven, heeft dit vanzelfsprekend effect op de leerling. Bij een autoritatieve opvoedingsstijl staan de leerlingen en hun individuele ontplooiing centraal en zijn de leraren erg betrokken. Er worden duidelijke grenzen gesteld, maar met voldoende aandacht en acceptatie van de leerling. Leerlingen die op school te maken hebben met deze opvoedingsstijl, ontwikkelen heel veel zelfvertrouwen, goede banden in hun privéleven en hun sociale leven en zijn de ideale volwassenen in de toekomst.

Alfie Kohn (een Amerikaanse onderzoeker en docent) maakt een onderscheid (2015) tussen *doing to* en *working with* – vrij vertaald: de leerling iets opdragen of juist samenwerken, de leerling als lijdend en meewerkend voorwerp of als onderwerp. Veel leraren willen uitgaan van een vorm van overleg, totdat ze vinden dat een leerling iets moet doen: dan gaan de meesten over op een *doing to*-stijl.

Wij pleiten voor een pedagogische huisstijl bij het werken aan een basis die op orde is. We constateren echter dat het gesprek over pedagogische vraagstukken op dit moment op scholen nog te weinig wordt gevoerd en dat dit zelden systematisch gebeurt.
Het ontwikkelen van een gezamenlijke gedragsstijl met bewegingsvrijheid – 'zo gaan we hier met de leerlingen en met elkaar om' – juichen we ten zeerste toe. We gaan ervan uit dat persoonlijke werkconcepten beïnvloedbaar en veranderbaar zijn. We beseffen ook dat handelen maatwerk is en blijft. Het gesprek tussen leraren over normen, waarden en hun visie op onderwijs en leren enerzijds en de verbinding met hun dagelijkse praktijk anderzijds, willen we stimuleren. De huisstijl die door die gesprekken tot stand komt, leidt tot voorspelbaarheid en betrouwbaarheid in het handelen van elke leraar. Het leidt tot een gemeenschappelijke taal. Geen enkele klas mag in zwaar weer zitten.

> *We zijn onder de indruk van wat we bij een recent onderzoek op een Montessorischool hebben beleefd. Het viel ons bij binnenkomst al direct op dat er een weldadige rust en sfeer heersen in de school. Wij zagen leerlingen beleefd de deur openhouden. Andere leerlingen waren rustig en*

geconcentreerd aan het werk in de gangen. Kinderen vroegen eerst netjes of ze de ruimte waar we onze gesprekken voerden, binnen mochten komen.
Op deze school hebben de leerlingen volop oog en oor voor elkaar. 'We hebben echt een cadeautje. We zijn er ook druk mee bezig, iedereen werkt eraan', zei een van de leraren. Tegelijkertijd gaven leraren aan dat leerlingen die het moeilijk hebben, in aantal toenemen.

De essenties van het leren en van de pedagogische aanpak staan op deze school systematisch op de agenda. De prachtige resultaten van de afstemming zijn overal voelbaar en merkbaar. De onderlinge gesprekken zijn onder meer bedoeld als richtingwijzer voor het onderhouden van de eigen pedagogische visie. Ze zijn ook een spiegel die de teamleden elkaar voorhouden om samen te reflecteren op de eigen onderwijspraktijk. De gesprekken geven ook keer op keer aanleiding voor het gesprek over ervaringen met leerlingen. Onderhoud blijft nodig, geven de teamleden aan. Het gaat niet vanzelf altijd goed.

Twaalf principes als bouwsteen voor een pedagogische huisstijl

Voortgaand op Unconditional Parenting (2005) van de Amerikaanse denker Alfie Kohn komen we tot twaalf (opvoedkundige) principes die we gebruiken als bouwstenen om samen de pedagogische huisstijl te creëren: 'zo gaan we op onze school met elkaar om'.

Twaalf principes als bouwsteen voor een pedagogische huisstijl

1. Wees reflectief
2. Denk na over wat je aan leerlingen vraagt
3. Focus op je langetermijndoelen
4. Zet je relatie met de leerling voorop: eerst het kind en dan de leerling
5. Verander niet alleen je gedrag, maar ook je kijk op je opvoedkundige taak in de school – het is geen methode, maar een filosofie
6. Wees respectvol
7. Wees authentiek
8. Praat minder, vraag meer
9. Houd de leeftijd en ontwikkeling van de leerling in de gaten
10. Ga uit van het goede
11. Ga niet uit van 'nee', als het niet hoeft
12. Wees flexibel – Veer mee met de ontwikkeling van de leerling

1. Wees reflectief

Uiteraard maak je als leraar fouten; dat hoort erbij. Het helpt – je wordt er een betere leraar van – als je regelmatig terugkijkt naar hoe je hebt gewerkt en wat je een volgende keer wellicht beter kunt doen. Het helpt nog meer als je dit samen doet, als je er in je school met een collega over praat. Iedereen zit immers in hetzelfde schuitje.

2. Denk na over wat je aan leerlingen vraagt

Het is verstandig om jezelf de vraag te stellen of de opdrachten die je geeft, de verzoeken die je doet en de vragen en eisen die je stelt, wel redelijk zijn. De opdrachten en de verzoeken voorspellen de uitvoering. Soms vragen we dingen van leerlingen uit gewoonte of omdat het ons goed uitkomt. Het is goed om daar bewust mee om te gaan: is het wel redelijk wat je vraagt? Helpt het de leerlingen verder? Waarom stel je sommige vragen: voor jezelf of voor de leerling?

3. Focus op je langetermijndoelen

Passen de eisen en vragen die je op dit moment stelt, wel bij wat je met de leerlingen op langere termijn voor ogen hebt? Heb je bijvoorbeeld zelfstandige leerlingen voor ogen? Of creatieve leerlingen? Bestaat er voldoende ruimte om te experimenteren, om te oefenen en fouten te maken? Geef ook leerlingen de ruimte om te oefenen en fouten te maken. Wat durf je los te laten?

4. Zet je relatie met de leerling voorop

De relatie met de leerling is in eerste instantie belangrijker dan de lesstof. Niets telt meer dan de band die je smeedt met leerlingen. We constateren dat leraren die extra tijd en echte aandacht besteden aan 'lastige' leerlingen, vaak prachtige resultaten bereiken. Die aandacht bestaat bijvoorbeeld uit een paar keer per week een belangstellend gesprekje van vijf minuten, gevoerd vanuit echte interesse, zonder corrigerend of belerend te zijn, waarbij je naast de leerling staat, niet erboven. Ga een enkele keer met zo'n leerling een broodje eten. Sommige leraren verzuchten: 'Dat is makkelijk gezegd, maar daar heb ik toch helemaal geen tijd voor.' Alsof wat er nu dagelijks in de weg zit, geen extra tijd kost en geen negatieve energie opslorpt. Wanneer je de relatie belangrijker vindt dan datgene wat je in de weg zit, ontstaat er ruimte voor een ander perspectief en kun je (net als de leerling) tot nieuwe inzichten en oplossingen komen.

5. Verander je kijk op je opvoedkundige taak in de school

We zien op sommige scholen dat leraren nauwgezet vasthouden aan wat de methode voor sociale ontwikkeling hun voorhoudt: 'Maar de methode schrijft voor dat we niet boos mogen worden, terwijl ik af en toe uit mijn vel zou willen springen.' Kom op, zeg, blijf jezelf. Boos worden mag er een enkele keer bij horen; we zijn gewoon mensen, er zijn ook situaties te bedenken waar je boos om kunt worden. Uiteraard hoort boosheid gepast te zijn en blijft er tegelijk ook altijd respect voor de leerling. Boos worden is heel iets anders dan straffen. Boosheid is een vorm van contact en toont emotie en betrokkenheid.

6. Wees respectvol

Wat zeg je tegen leerlingen? Is dit gepast? Past dit bij hun leeftijd? Neemt iedereen altijd de grenzen in acht van wat je kunt zeggen? De leerlingen hebben uiteraard hun emoties, verlangens en behoeften. Nemen we die altijd serieus? Spelen we daar op de juiste wijze op in? Op welke wijze wordt gecorrigeerd en gestraft? Hoe stellen we grenzen? Sturen we een leerling bijvoorbeeld de klas uit? Hoe leren we leerlingen hun eigen grenzen te respecteren en die van anderen?

7. Wees authentiek

Doe je niet anders voor dan je bent. Wees jezelf. Neem je eigen kleur aan. Sommige leraren zeggen dat ze werk en school volstrekt gescheiden weten te houden en dat ze thuis echt anders zijn. De vraag is of dat logisch is.

8. Praat minder, vraag meer

In het klaslokaal is vooral de leraar aan het woord. Een issue van *Visible Learning* (Hattie, 2012) is dat de verhouding tussen praten en luisteren moet veranderen. De leraar moet minder praten en meer luisteren. Luisteren is een van de belangrijkste taken van de leraar. Daarbij past voorzichtigheid en begrip voor het gezichtspunt van de leerling.

Leerlingen leren het meest door zelf ergens achter te komen. Wanneer leraren iets uitleggen of vertellen, komt het lang niet zo binnen. De meeste vragen komen over het algemeen niet van de leerlingen, maar van de leraar. Het zijn vooral cognitieve vragen van een lager niveau. Maar klopt het niveau wel? Is het niet te ingewikkeld, wat je aan het uitleggen bent, of misschien juist te simpel? Betrek leerlingen bij de uitleg, zodat je eenvoudiger kunt controleren of het niveau goed is. Stel oneindig veel vragen – en dan met name vragen die de moeite waard zijn. Het stellen van 'domme' vragen werkt, bijvoorbeeld door er een spel van te maken. Stel vragen die de dialoog starten en die leerlingen aan het denken zetten. Zo stimuleer je het denkvermogen van leerlingen; ze leren meer als je hun vraagt hoe het antwoord is ontstaan of bedacht.

9. Houd de leeftijd en ontwikkeling van de leerling in de gaten

Wat verwacht je van leerlingen? Ze kunnen veel, soms meer dan we wellicht denken. Stemmen we met elkaar goed af op wat we mogen verwachten? Hebben we het er samen over? Hoe gaan we om met kinderen die 'anders' zijn? Vaak nog bestaat de neiging om de aandacht op het individuele kind te richten – en dan vooral op het brein. Er is in ons complexe schoolsysteem sprake van een groeiend aantal diagnoses onder kinderen. Wat kun je als school doen om niet mee te gaan in de maalstroom en verder te komen dan de sterke gerichtheid op individueel en cognitief presteren? Werken we met elkaar ook aan de visie op samenleven, aan collectieve doelen, of overheerst het denken in rendement?

Niet alle kinderen zijn gebaat bij een al te snelle diagnose. Ontwikkeling verschilt nu eenmaal per leerling. Het leidt te vaak tot een selffulfilling prophecy: 'Nee, ik kan dit niet, want ik ben dyslectisch.' Diagnosticeren heeft uiteraard nut en is belangrijk, maar vraagt om precieze aandacht waarbij de erkenning van de zorgen en de noodzaak tot specifieke ondersteuning en/of hulp essentieel is.

10. Ga uit van het goede

Wat wil je: creatieve of brave leerlingen? De praktijk laat zien dat brave kinderen in scholen nog steeds erg op prijs worden gesteld. Creatieve kinderen kosten in de regel veel energie. En dat leidt toch nog vaak tot gemopper en correctie. Leerlingen zijn niet willens en wetens bezig met het ondermijnen van gezag.

11. Ga niet uit van 'nee', als het niet hoeft

Flexibele leraren werken anders dan toegeeflijke. Leerlingen houden ervan als ze net even buiten de lijntjes mogen kleuren. Daaraan toegeven is geen teken van zwakte; je hoeft niet bang te zijn dat kinderen met je gezag aan de haal gaan. Zijn de verzoeken van leerlingen redelijk, zijn ze mogelijk? Zijn ze uitdagend, prikkelend, spannend?

12. Wees flexibel

Leerlingen die kaders ervaren waarbinnen ze ruimte hebben, hebben het fijner op school dan leerlingen met strakke kaders, regels en voorschriften. Te strakke kaders gaan knellen. Overdreven strikte roosters en dagritmes werken averechts. Leerlingen vinden ze saai. Pedagogisch sterke scholen gebruiken maar een paar regels en zijn flexibel.

Nieuwe pedagogiek

Bij de nieuwe pedagogiek waar scholen voor staan, gaat het in de kern om 'leren hoe te leren'. Dat impliceert een andere rol van leraar en leerling. Thema's als wereldburgerschap, solidariteit en samen vraagstukken en problemen oplossen, komen aan bod in scholen met een gezond en stimulerend pedagogisch klimaat. Het gaat dan vooral om de aandacht voor de sociale component van het onderwijs.

Onze technische mogelijkheden zijn bijna onbeperkt. Houd de technologie niet uit de klas, uit angst voor misbruik of omdat je er misschien zelf niet zo handig mee uit de voeten kunt. De makkelijkste oplossing is altijd 'de techniek aan de leerlingen geven'. Zij zorgen er op een fantastische manier voor dat alles draait zoals jij wilt.
De eindeloze technische mogelijkheden zorgen er dus voor dat pedagogiek en leren vergaand veranderen. Scholen zijn op veel plaatsen al bezig om het onderwijs te organiseren rond 'de leerlingen als werker'. Leerlingen krijgen meer verantwoordelijkheid voor hun eigen leren en dat van elkaar; leraren worden *change agents*. Het is wel een weerbarstig proces, dat veel van leraren vraagt.

21st century skills

Scholen zijn bij het op orde krijgen van de basis niet alleen bezig met het leggen van hun kwaliteitsfundament. Ze richten zich in toenemende mate ook op het versterken van de 'actieve' vaardigheden van leerlingen en willen proactieve leerlingen, die werken aan leren leren. De *21st century skills* en de 6 C's zijn termen die inmiddels op veel scholen te horen zijn. Ze horen in de dagelijkse praktijk zichtbaar te zijn. Het staat vast dat er in de toekomst andere dingen gevraagd worden van leerlingen, leraren en scholen en een veelgestelde vraag is daarom of het huidige systeem knelt.

Figuur 1.7 *De 6 C's.*
Zie ook: *De verbindende schoolleider (Fullan, M., 2016) en Deep Learning (Fullan, M., Quinn, J., McEachen, J., 2019).*

Maar wat zijn *21st century skills* nu eigenlijk en waar staan ze voor? Zijn ze echt belangrijk?
De term is voor het eerst gebruikt in 2003, door het Partnership for 21st century skills (de P21), naar aanleiding van diverse onderzoeken VS, geinitieerd en gefinancierd door enkele grote Amerikaanse multinationals. In deze onderzoeken werd benadrukt dat de Amerikaanse economie vraagt om een ander type werknemer dan voorheen en dat voor een succesvol leven nieuwe vaardigheden nodig zijn. Om deze vaardigheden te benoemen en uit te werken tot een raamwerk richtten verschillende partijen uit de onderwijswereld en het bedrijfsleven in 2003 het Partnership for 21st century skills op. Het doel was om de kloof te verkleinen tussen kennis en vaardigheden die leerlingen op school meekrijgen en de kennis en vaardigheden die nodig zijn in het werk en de gemeenschap van de 21e eeuw.

De P21 maakte in 2003 een raamwerk voor onderwijs in de 21e eeuw en werkte dit in 2007 en 2009 verder uit. Deze organisatie is lang niet de enige die bezig is geweest met het uitwerken van deze vaardigheden, maar wel de meest toonaangevende. Chris Dede (Dede, 2010) heeft de verschillende raamwerken vergeleken en komt tot de conclusie dat er een grote mate van overeenstemming bestaat. Omdat het raamwerk van de P21 als basis genomen wordt als het gaat over *21st century skills*, gebruiken we het hier als voorbeeld.

Ter verduidelijking van het raamwerk maken we gebruik van figuur 1.8.

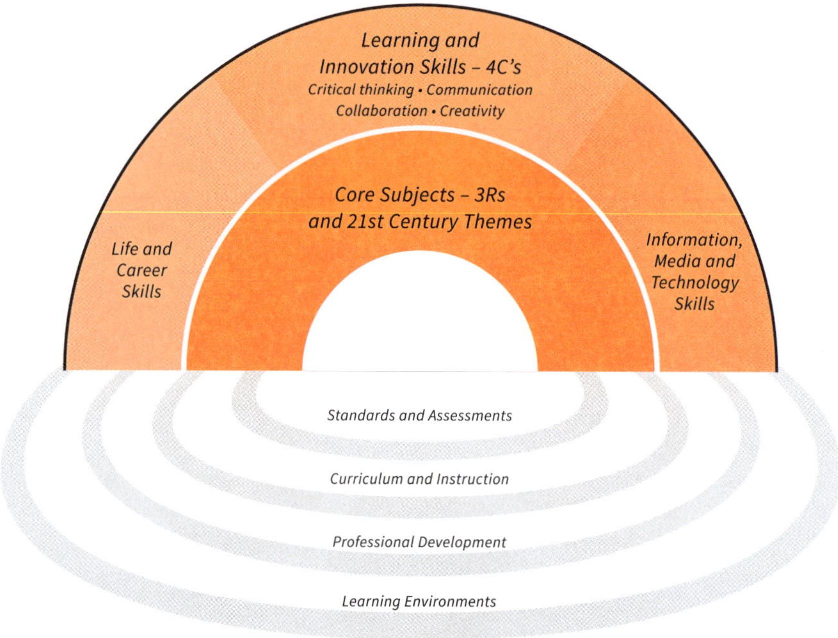

Core Subjects *(Vakken)*	**21st Century Themes** *(Thema's voor de 21e eeuw)*
• Geletterdheid • Kunsten • Wiskunde en rekenen • Economie • Scheikunde en natuurkunde • Aardrijkskunde • Geschiedenis • Burgerschap	• Globalisatie • Financiële en economische geletterdheid • Burgerschap • Gezondheid • Omgeving
Information, Media and Technology Skills *(Informatica, media en technologie)*	**Life and Career Skills** *(Levenswijze en loopbaan)*
• Informatie-geletterdheid • Mediawijsheid • ICT-geletterdheid	• Flexibiliteit en aanpassingsvermogen • Initiatiefrijk en zelfsturing • Sociaal en tolerant • Productiviteit en verantwoordelijkheid • Leiderschap en aansprakelijkheid
Learning and Innovation Skills *(Onderwijs en vernieuwing)*	**21st Centruy Education Support Systems** *(21e-eeuws educatief systeem)*
• Creativiteit en innovatie • Kritisch denken en probleemoplossend vermogen • Communicatie en samenwerking	• 21e-eeuwse normering en assessments • 21e-eeuws curriculum en instructie • 21e-eeuwse professionele ontwikkeling • 21e-eeuwse leeromgevingen

Figuur 1.8 *21st century skills (Partnership for 21st century skills, 2003, 2007 en 2009).*

Consument of producent?

Het is allemaal helemaal niet nieuw. Het gaat om verschillende vaardigheden die altijd al belangrijk zijn geweest, maar die al een aantal jaren meer nadruk krijgen. De focus komt in toenemende mate te liggen op creativiteit, kritisch denken, samenwerking, burgerschap en op uitkomsten van het gebruik van nieuwe media en mediawijsheid. De focus ligt ook op wat van leerlingen wordt verwacht wanneer ze de school verlaten. Wat kunnen ze dan? Dit impliceert dat we op een andere manier moeten kijken naar de manier van normeren en beoordelen. De leerling is veel minder de consument van kennis aan het worden, maar meer en meer de producent. Dat past bij de verwachtingen van leerlingen: een actieve houding, creativiteit, kansen zien en probleemoplossend vermogen hebben.

Voor veel leraren betekent dit nog een hele omslag, terwijl op tal van scholen ook te zien is hoe verandering stapje voor stapje plaatsvindt. Simpel gezegd verschuift voor leerlingen het leren van leren voor een cijfer of beoordeling naar leren voor zichzelf en leren met uitdagingen. De implicaties voor de rol van de leraar verschillen van leraar tot leraar. Sommigen hebben van nature al een stijl die past bij de nieuwe manier van leren. Ze staan leerlingen bij om iets nieuws te maken. Ze zijn de expert die helpt om dingen beter te doorgronden.

We stelden al dat 'de basis op orde' vooral ook een kwestie van mindset is. Maar wat zie je dan? We geven enkele voorbeelden waarbij leerlingen meer de producent dan de consument zijn.

Hoge verwachtingen en eigenaarschap

Als je als leraar ervan uitgaat dat leerlingen 'iets toch niet zullen kunnen', dan krijg je vrijwel altijd gelijk. Het zal dan inderdaad niet lukken. Je houdt de leerlingen eigenlijk gewoonweg tegen in hun ontwikkeling. Koester je hoge verwachtingen, dan gebeurt er echt iets anders. Het lijkt op wat Pippi Langkous zei: 'Ik heb het nog nooit gedaan, dus ik denk dat ik het wel kan.'
Leerlingen krijgen opdrachten die tot actief leren leiden. Soms bedenken ze zelf de opdrachten en de manier waarop ze hun voortgang laten zien. Zij zijn gemotiveerd - en in staat - om op basis van inzicht in hun eigen capaciteiten hun leerproces vorm te geven om zo het optimale uit zichzelf te halen. Daarbij worden vragen aan leerlingen van het volgende type - als het maar enigszins mogelijk is - vermeden: 'Stel je eens voor dat ...' De vragen komen waar maar mogelijk uit de praktijk. Denk bijvoorbeeld aan de nieuwe speelplaats ontwerpen, een realistische begroting maken of aan adviesopdrachten uitvoeren. Geef leerlingen om te beginnen de ruimte om te experimenteren en zelf te ontdekken. Deze manier van werken noemen we 'hands-on onderwijs'.

Keuzes maken

Laat leerlingen keuzes maken. Alle leerlingen kunnen - met de juiste begeleiding - hun capaciteiten vergroten, als ze maar de juiste overtuiging hebben. Mislukken en falen horen erbij en betekenen vaak dat je gewoon meer moet oefenen. Leraren en leerlingen werken aan of hebben een groeimindset.

Betekenisvol onderwijs

Werk samen met externe instanties of bedrijven. Alle stappen die aan een klus of project verbonden zijn, worden op die manier betekenisvol en maken dat leerlingen zich meer eigenaar voelen: *zij* zijn verantwoordelijk. Naast dit project werkt de school nog samen met diverse andere bedrijven en organisaties die opdrachten hebben voor leerlingen en waarvan de school wellicht ook donaties krijgt om al het materiaal te kunnen betalen. 'Betekenisvol' betekent ook: wereldgericht (Biesta, 2012) en een existentieel curriculum omvattend: een curriculum dat met name kijkt welke mogelijkheden verschillende vakken en vakgebieden bieden voor leerlingen om (aspecten van) de wereld te ontmoeten. Dat is niet voor te schrijven of te omvatten in een stap-voor-stap-methode of -aanpak. De vraag hoe dat moet worden ingevuld, kan alleen worden beantwoord als teamleden diepgaand samenwerken.

Collectieve verantwoordelijkheid

De verantwoordelijkheid is collectief. Leerlingen leren om de taken zo te verdelen en stemmen zo goed af, dat iedereen onmisbaar wordt. Dat leidt ertoe dat leerlingen zich verbonden voelen met het project en met elkaar.

Belangrijke rol voor leraren

Leerlingen kunnen overal en op elk moment leren. De rol van de leraar is daarmee beslist niet uitgespeeld. Gert Biesta (2012) beschouwt het werk van de leraar als blijvend, integraal onderdeel van het onderwijs. Hij pleit niet voor een terugkeer van de traditionele leraar, maar streeft naar een 'derde weg', iets wat hij ook wel omschrijft als 'een progressief idee voor een conservatieve gedachte'. De rol van de leraar blijft essentieel en is niet verworden tot een factor. Als leerlingen veel keuzes hebben, leidt dat niet meteen tot goed onderwijs. Lesgeven hoeft bovendien niet vrijheidsbeperkend te zijn. Het gaat niet alleen over leerlingen en hun leren, maar tegelijk net zozeer over leraren en hun lessen.

Leraren blijven *de* personen om leerlingen te ondersteunen bij minder consument zijn en zich meer tot producent ontwikkelen. Door bewust deze keuze te maken help je de leerling meer te ontdekken over zichzelf en beter voorbereid te zijn op de toekomst.

Heutagogiek

Een school die werkt aan de basis op orde maakt voortdurend werk van ontwikkeling. Technologische mogelijkheden zorgen ervoor dat de meeste kennis altijd en overal beschikbaar is. Elk feitje is binnen een handomdraai te vinden. De leraar is lang niet altijd meer de bron van de kennisoverdracht in een school. Het valt niet mee om te streven naar vernieuwing en tegelijk te blijven werken vanuit een frontale lessituatie. De structuur knelt in toenemende mate.

Gepersonaliseerd leren en ook *self-determined learning* (zelf bepalen wat je leert) zijn termen die daarbij steeds meer zijn te horen. De leerling krijgt dan de verantwoordelijkheid om – onder begeleiding van de leraar – zelf keuzes te maken die het beste passen. Hierbij gaat het om het vaststellen van wat geleerd moet worden, het zelf stellen van doelen en het zoeken naar de juiste materialen en strategieën om wat geleerd moet worden, onder de knie te krijgen. De leraar treedt op als coach en probeert de voorwaarden te creëren waarbinnen de leerling dit kan doen. Dit is duidelijk iets anders dan het klassieke model, waarbij de leraar voor de groep staat. Het vraagt veel van leraren. We spreken niet alleen meer over pedagogiek, maar over heutagogiek, wat staat voor de studie naar *self-determined* leren.

Binnen de heutagogiek geldt de leerling als belangrijkste persoon bij het eigen leren; het leren gebeurt steevast op basis van persoonlijke ervaringen. De leraar geldt daarbij vooral als een leider in het leren en er is een nauwe samenwerking tussen leerling en leraar. Samen onderhandelen ze over wat geleerd moet worden en hoe dit geleerd gaat worden.

De basisprincipes van heutagogiek

Bij heutagogiek gelden de volgende basisprincipes:

- de leerling centraal. Dit wordt door leraren vaak gezegd, maar de eerlijkheid gebiedt te zeggen dat dit niet zo vaak klopt. De leerling is meestal nog geen eigenaar binnen het leren. Staat de leerling echt centraal? Zijn leerlingen intrinsiek gemotiveerd, autonoom en hebben ze de verantwoordelijkheid om te kiezen wat en hoe ze iets leren en op welke manier wordt getoetst?
- geschiktheid en toepasbaarheid. Het aanleren van vaardigheden en kennis (competentie) is één factor, maar essentieel is hoe je ze inzet in nieuwe situaties. Communicatie, creativiteit, samenwerken en positief denken zijn hierbij erg belangrijk.
- zelfreflectie en metacognitie. Reflectie heeft niet alleen betrekking op wat er is geleerd, maar ook op de manier waarop het is geleerd en het kunnen doorgronden van de manier van leren.
- dubbelslag leren. Zowel het gedrag als de gedachten van leerlingen zijn geconcentreerd op wat ze leren. Ze reflecteren niet alleen op wat ze geleerd hebben, maar ook op wat het geleerde voor hen betekent en met hen doet.
- niet-lineair leren en lesgeven. Omdat leren 'zelf bepaald' is door de leerling, wordt de

planning niet door de leraar gemaakt. Hierdoor liggen de processen niet strak vast en zijn ze altijd dynamisch.

Deze principes stellen hoge eisen aan leraren en ook aan leerlingen. Ze zijn het beste te beschouwen als een soort einddoel. De vaardigheden en de gewenste mindset zijn te ontwikkelen. Van teams vragen deze principes dialoog en diepgaande samenwerking. Maar hoe ziet heutagogiek er nu uit in het 'echt'?

Heutagogiek in de praktijk

Het creëren van onderwijs vanuit heutagogiek ziet er anders uit dan een 'gewone' serie lessen. Het begin en het einde zijn duidelijk, maar daartussen streeft de leraar ernaar om zoveel mogelijk in samenspraak te doen met de leerling. Hierdoor wordt het leerproces niet-lineair en kan er van alles gebeuren. De stappen zien er (met de 'gouden cirkel' van Simon Sinek in gedachten) als volgt uit:

- stap 1: vaststellen van het 'leercontract';
- stap 2: het leren ontwerpen;
- stap 3: het leren toetsen.

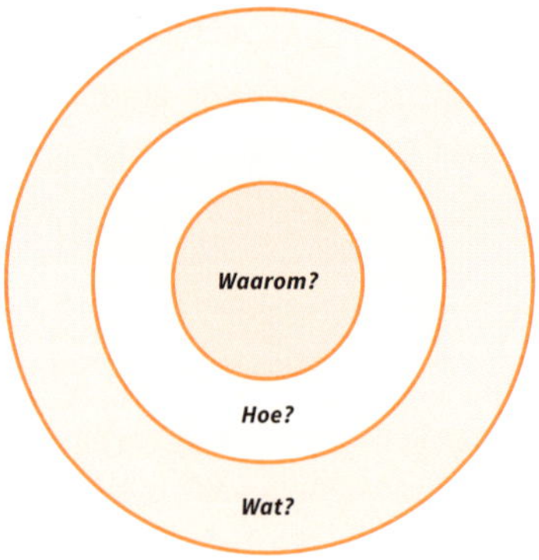

Figuur 1.9 *De 'gouden cirkel' (Simon Sinek).*

Bij stap 1 gaat het om vragen als: wat ga je leren, waarom wil je dit leren en hoe weet je dat het gaat werken? De leraar en de leerling onderhandelen over wat en hoe er geleerd gaat worden. De leerling heeft inzicht in de verschillende doelen en kiest hieruit. Het gesprek met de leraar gaat over wat de leerling wil bereiken en op wat voor manier dit gecontroleerd gaat worden.

Wanneer de leraar en de leerling afspraken gemaakt hebben over het 'wat', is het 'hoe' aan de beurt (stap 2). Samen nemen ze door wat de meest interessante, uitdagende en/of verstandige manier is om de gestelde doelen te bereiken. De leraar en de leerling stellen vast welke tools, apps, boeken, manier van onderzoek en/of manier van werken de leerling gaat gebruiken. De leraar faciliteert en helpt bij momenten van feedback door de leerling zelf of door medeleerlingen. De leerling legt zowel de inhoud als het proces vast.

Als laatste stap wordt het leren getoetst. Dit gebeurt in de vorm die leraar en leerling hebben afgesproken. Daarnaast kijken ze naar de opbrengst op het gebied van vaardigheden en 'geschiktheid'. Ook dit wordt vastgelegd in het portfolio van de leerling.

Bouwen aan heutagogiek

Na het afsluiten van 'het leercontract' gaat de leerling aan de slag. Sleutelwoorden daarbij zijn:

- ontdekken. Bij zelf leren hoort zelf onderzoeken. Dat vraagt om een open mindset. De leerlingen hebben de vrijheid om te scharrelen op het internet of in boeken. Dankzij internet kunnen leerlingen snel antwoord krijgen op vragen die ze hebben. Tijdens die zoektocht kunnen ze interessante of moeilijke problemen vinden, die ze willen oplossen. Als leraar kun je hier in het begin erg goed mee helpen, omdat je vaak de breedte van een onderwerp kent.
- maken. Leerlingen maken een product. Leren komt pas tot uiting wanneer er een product is. Dat kan door schrijven, bouwen, tekenen, verven, een voorstelling, noem maar op.
- samenwerken. Leerlingen leren veel meer en sneller van elkaar dan van de leraar. Daarnaast beklijft nieuwe informatie beter, wanneer je die zelf moet uitleggen. Door samen te werken wordt het proces versterkt.
- verbinding. Naast het samenwerken in teamverband is ook het zoeken van verbinding belangrijk. Door aanspraak te maken op kennis en kwaliteiten van buiten het team wordt er verbinding gelegd. Het stimuleren van externe experts inschakelen is daarom belangrijk, maar ook het gebruik van sociale netwerken is een mogelijkheid.
- delen. Elke 'ontdekking' en alles wat er geleerd en gemaakt wordt, kan gedeeld worden. Delen leidt tot reflecteren op wat je doet, maakt en leert en bovendien helpt het anderen. Zo kun je als leerling expert worden in een bepaald onderdeel en kunnen andere leerlingen een beroep op je doen.
- reflecteren. Leerlingen moeten de mogelijkheid hebben om op verschillende manieren te reflecteren. Blogs en vlogs kunnen hierbij helpen, net als een brief, portfolio of dagboek. De mogelijkheden zijn eindeloos. Reflecteren gaat vooral over de manier van werken, bijvoorbeeld: wat ging goed, hoort dit bij mij, waarom wel/niet?

Reflectievragen

- Hoe wordt het (pedagogisch) klimaat van jouw school gewaardeerd? Is er in de gewenste mate sprake van 'gedisciplineerd' gedrag? Wordt er goed geluisterd, door leerlingen naar leraren en andersom?
- Zijn problemen met leerlingen louter vraagstukken voor de betrokken leraar of zijn het schoolvraagstukken?
- In welke mate is er sprake van 'nieuw leren'?
- Spreken leraren dezelfde (pedagogische) taal, hanteren ze dezelfde pedagogische stijl?
- Worden leerlingen voldoende geprikkeld om hun passie en doel te vinden? Welke rol hebben de leraren? Staan de leerlingen echt centraal?

- Is er overwegend sprake van *doing to* of *working with*? En wat gebeurt er als het tegenzit?
- Hoe ziet de pedagogische huisstijl eruit?
- Zijn er stapjes gezet of te zetten in de richting van heutagogiek?

Hoofdstuk 2

Bouwen aan de basis op orde

Het theoretisch fundament: achtergronden, ervaringen en verbindingen met onderzoek en wetenschap

Geef een kind liefde, zonder alles te accepteren.
En wees ervan overtuigd dat een begrenzing
niet altijd een beperking is.
- Ontwikkelingspsycholoog Steven Pont

Welke afspraken over lesgeven gelden in de hele school?

Wat zie je overal terug?

Welke rol heeft de leiding nu?

Hoe weten we dat het goed gaat? Welke bewijzen hebben we ervoor?

Vier essentiële elementen bij de basis op orde

> *The next step is always about challenge.*
> *Creativity is being open to the next step.*

Waar te beginnen met het werken aan een basis die op orde is? Bij schoolontwikkeling en verbetering spelen altijd vier elementen een belangrijke rol:

1. leerkrachtvaardigheid;
2. samen;
3. leiderschap;
4. (gericht op) resultaten.

Alleen als scholen zich op al deze punten ontwikkelen, kunnen ze de basis op orde krijgen.

Leerkrachtvaardigheid

Het verbeteren van leerkrachtvaardigheid gebeurt met name in een setting waarin leraren samen lessen uitproberen, praten over lesvoorbereidingen, testen opstellen en uitvoeren en de resultaten van het leren en lesgeven bespreken en evalueren. Dat wil overigens niet zeggen dat leraren uitgebreide onderzoeksvaardigheden moeten bezitten. Hattie (2012) geeft aan dat onderzoeksvaardigheid specifieke expertise vereist en niet van leraren gevraagd mag worden; de dagelijkse praktijk is al druk genoeg. Wel past leraren een onderzoekende houding: elkaar vragen stellen, de impact van het lesgeven evalueren en samen de optimale vervolgstappen bepalen.

Als we leerlingen beter op een kennismaatschappij willen voorbereiden en het onderwijs naar het vierde stadium (excellentie) willen laten groeien, dan hebben we een aantal flinke stappen te zetten:

- het verbeteren van het didactische repertoire van leraren (activerende didactiek, differentiëren in niveau en tempo);
- het meten van resultaten om de (samen of zelf) gestelde doelen aan te scherpen;
- investeren in de wetenschappelijke kennis van leraren;
- het betrekken van de omgeving (ouders, wijken, wetenschappers enzovoort).

Wat mogen we van leraren verwachten? Lesgeven kan niet verbeteren zonder de aanpak te veranderen. Leraren schieten vanzelfsprekend in hun professionele ontwikkeling tekort, als ze:

- ondergekwalificeerd zijn;
- emotioneel niet stabiel zijn;
- moeite hebben om met jonge leerlingen te werken;
- geen feedback en steun van collega's ondervinden;

- het grootste deel van de tijd in hun eentje werken;
- nauwelijks contact hebben met de andere leraren in de school;
- niet (meer) investeren in het verbeteren van hun dagelijkse praktijk;
- geen coaching of mentorhulp hebben en nauwelijks tijd hebben om te reflecteren op de praktijk.

Gepersonaliseerd leren

Het gaat bij leerkrachtvaardigheid vooral over 'de juiste mindset'. In de professionele ontwikkeling streven leraren meer en meer naar de omslag naar gepersonaliseerd leren. Zonder een groeimindset zal de inhoud van het leren niet verbeteren.

Gepersonaliseerd leren is een aanpak, niet een aantal na te streven doelen. Het dominante perspectief is dat van de leerling, niet dat van het curriculum of de leraar. Van belang is niet zozeer de gerichtheid op het verwerven van kennis en vaardigheden, maar de aansluiting bij interesses en bij wat leerlingen motiveert.

Veel scholen zeggen volop bezig te zijn met gepersonaliseerd leren, maar wat verstaan ze daar dan onder? Eigenlijk is gepersonaliseerd leren een eeuwenoud concept. Al generaties lang proberen leraren hun lesgeven op zo'n manier vorm te geven dat elk kind erbij gebaat is. Met een relatief kleine groep is dit een haalbare uitdaging, maar veel ingewikkelder wordt het met groepen van tegen de dertig leerlingen.

Gepersonaliseerd leren staat nu nog vaak voor differentiatie in het lesaanbod voor leerlingen op verschillende niveaus. Maar het staat natuurlijk ook voor de manier waarop leerlingen – via digitale of andere middelen – in hun kracht komen door aan te sluiten bij:

- hoe ze het best leren;
- wat hen motiveert en uitdaagt;
- hun leerdoelen.

Gepersonaliseerd leren houdt in:

- flexibiliteit: overal leren, op welk tijdstip dan ook;
- herdefiniëren en samen vaststellen van de rol en het bereik van leraren;
- projectmatig, authentiek leren.

We volgen de definitie van Andy Hargreaves: 'Gepersonaliseerd leren is het afstemmen van didactiek, pedagogiek, curriculum en de leeromgeving, voor leerlingen en door leerlingen, om zo tegemoet te komen aan hun verschillende leerbehoeftes en ambities.' Voor het ontwikkelen van gepersonaliseerd leren is professionele ruimte nodig: de mate waarin leraren zeggenschap hebben over het primaire proces en het beleid van de school (Spillane, 2006). Kessels (2013) vult aan: 'Professionele ruimte is belangrijk voor het vergroten van de waardering voor professionals, het vergroten van eigenaarschap en de motivatie en professionalisering van leraren.'

Professionele ruimte draagt bij aan relationeel vertrouwen. Het vertrouwen neemt toe, als zowel het team als de leerlingen keuzemogelijkheden hebben (Bryk en Schneider, 2002). Een krachtige, sociale leeromgeving daagt leerlingen uit om als individu te presteren. Leerlingen zetten zich in als ze gemotiveerd, betrokken en verantwoordelijk zijn. Leraren én leerlingen hebben de ruimte nodig om dingen op een eigen manier op te lossen. Door het denken te stimuleren neemt het eigenaarschap toe en ontstaat dus meer een 'producentenmentaliteit'.

Inhoud-houding-verhouding

Bij 'de basis op orde' gaat het niet alleen over inhoud. De cultuur van een school bepaalt in hoge mate de kwaliteit. De houding van een leraar doet er zeer toe. De verhouding, de onderlinge samenwerking en de diepgang van het leren zijn eveneens van grote invloed. De inhoud neemt toe naarmate houding en verhouding beter zijn.

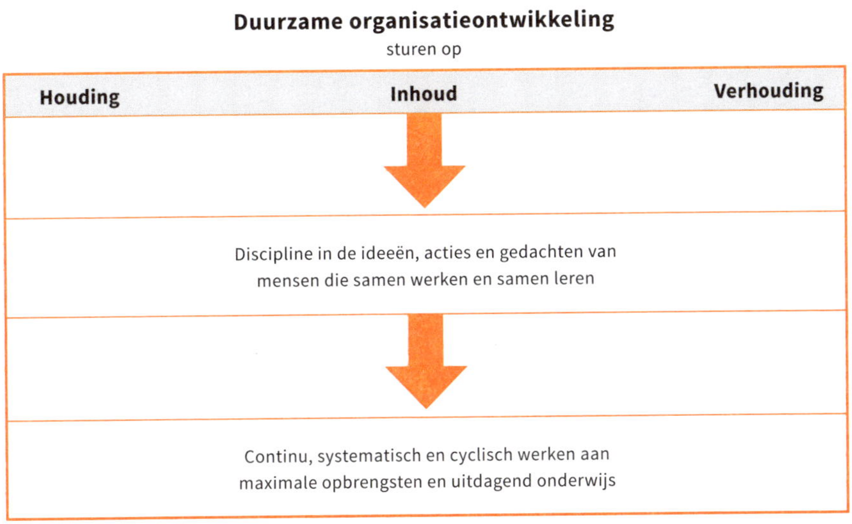

Figuur 2.1 *Duurzame ontwikkeling: inhoud-houding-verhouding.* Afkomstig uit: *De mooiste weg (Spitteler, J. & Buijs, R., 2013).*

Schoolontwikkeling richt zich altijd op deze drie componenten. Belangrijk daarbij is discipline. Deze term heeft vaak een negatieve connotatie: streng, strak, welhaast dwingend en voorschrijvend. Met discipline bedoelen we bij 'de basis op orde' echt iets anders. Wij denken aan:

- koersvast;
- de activiteiten ten volle in dienst stellen van datgene wat je wilt bereiken;
- volhouden, volhouden, volhouden;
- niet met het volgende beginnen, terwijl het eerdere nog niet goed heeft kunnen beklijven;
- hoge verwachtingen hebben van elkaar en van leerlingen;

- van de hak op de tak springen vermijden en je niet laten overheersen door de waan van alledag;
- onderling afstemmen;
- samen werken en samen leren organiseren – iedereen doet mee;
- werken met precisie en zorgvuldigheid;
- niet meewaaien met alle trends.

We hebben ervaren dat discipline sterk bijdraagt aan de basis op orde krijgen en houden. Goede resultaten zijn het logische gevolg van met ambitie sturen op inhoud-houding-verhouding enerzijds en werken met discipline anderzijds.

Samen

> *Sterke teams ...*
> *leden van sterke teams hebben*
> *een hoge gemiddelde sensitiviteit.*

Individuele vaardigheden zijn niet bepalend voor de eindresultaten van een team. Leden van sterke teams blijken tijdens overlegsituaties altijd even lang aan het woord te zijn. Is er steeds maar één teamlid aan het woord, dan zakken de sociale intelligentie en vervolgens de resultaten van dat team.

Scholen kunnen snel tot betere resultaten komen, ook scholen in achterstandssituaties. De ambities van de leraren zetten de toon en zijn gekoppeld aan de doelen van de school. De professionele ontwikkeling maakt dagelijks deel uit van de activiteiten van schoolleiders. Schoolleiders zijn niet alleen maar zichtbaar in de gangen of in een kantoor. Scholen die garant staan voor goede resultaten, slagen erin om de fundamentele manier van organiseren te verbeteren.

Al in 2000 gaf Richard Elmore, destijds onderzoeker op Harvard, aan dat schoolontwikkeling vrijwel onmogelijk is, doordat lesgeven in eerste instantie een eigenaardig, geïsoleerd beroep is vol autonomie. Als er in het team wordt gesoleerd, valt schoolontwikkeling grotendeels stil. 'Eigen praktijken zorgen voor isolatie en isolatie is de vijand van ontwikkeling', zo stelde Elmore. John Hattie onderstreept en onderbouwt deze bevindingen in *Visible Learning*. Hij constateert dat de verschillen binnen scholen veel groter zijn dan de verschillen tussen scholen (64% tegenover 36%) en laat ook zien dat het hier gaat om het effect van lerarengedrag op het leren van leerlingen. In de best presterende landen hebben de leerlingen jaar na jaar goede leraren. Dat is niet toevallig zo, er zit een plan achter. Uiteraard mag er geen leerling achterblijven en hetzelfde geldt voor leraren. Goed presterende scholen hebben aandacht voor de ontwikkeling van *alle* leraren, er zit geen zwakke schakel tussen.

Kenmerkend voor de best presterende scholen zijn de zorgvuldige manier waarop aan relaties wordt gewerkt en de manier waarop obstakels en problemen door de hele school worden aangepakt. Leiders laten simpelweg niet toe dat leraren geïsoleerd werken. Lessen voorbereiden, omgaan met data en toetsen (van en voor het leren) zijn gezamenlijke activiteiten. Observaties bij collega-leraren zijn gericht op reflectie op de eigen praktijken en op een cultuur van samenwerken; ze zijn bedoeld om de betrokkenheid van leerlingen te optimaliseren door het hanteren van uitdagende materialen en werkwijzen. Door samen voortdurend te kijken naar vorderingen en testresultaten en door gericht datagebruik, weten leraren gezamenlijk de instructie aan te passen en verder te verbeteren.

Elmore geeft aan dat schoolteams met traditionele schoolstructuren, vol autonomie, afhankelijk blijven van het sociale kapitaal dat leerlingen van huis uit mee naar school brengen. Als je bij een veranderende schoolbevolking dezelfde lespraktijken blijft hanteren, dan is het vrijwel niet te voorkomen dat de resultaten 'bergafwaarts' snellen. Gemotiveerde leraren zullen er weliswaar individueel alles aan doen om leerlingen te helpen, maar dat zal niet voldoende blijken.

Het gaat bij werken aan een basis die op orde is, niet om bergen met geld en faciliteiten. Het gaat om tijd vrijmaken, kennis vergaren en met zijn allen in de school weten én doen wat op deze school werkt. Kortom, het gaat om doordachte en afgestemde professionele praktijken van leraren en schoolleiders, die samen continu op zoek zijn om te verzekeren en te faciliteren dat elk kind succesvol kan leren. Dat is mogelijk op elke school.

Samen leren: zeven uitgangspunten

Knight (2011) beschrijft zeven uitgangspunten als een manier van denken die helpt bij het (door) ontwikkelen van relaties en het versterken van samenwerking. Deze manier van denken geeft hulp bij het ontwikkelen van professionele verhoudingen.

Zeven uitgangspunten bij samen leren

1. Gelijkheid
2. Keuze
3. Stem
4. Reflectie
5. Dialoog
6. Praktijk
7. Wederkerigheid

1. Gelijkheid

De inzichten en bijdragen van iedereen doen ertoe. Bij het werken aan een basis die op orde is, vertellen teamleden elkaar niet wat ze moeten doen, maar beslissen ze samen. Leraren brengen verschillende vaardigheden en kennis in, maar het is van groot belang dat iedereen gelijk wordt gehoord: ieders mening telt.

2. Keuze

Het ontbreken van echte keuzes bij verbetertrajecten omschrijft Knight als een regelrechte ramp. Tegelijkertijd geeft hij aan dat echte keuzes alleen mogelijk zijn binnen een structuur. Bij een basis die op orde is, kiezen leraren zelf hun belangrijkste leerbehoeften. Hoe ze meer kennis en vaardigheden verkrijgen, wordt niet voorgeschreven, maar is aan de deelnemers. Uiteraard worden wel suggesties aangereikt.

3. Stem

Teamleden krijgen geen stap-voor-stapprogramma voorgeschoteld; hun gedachten, ideeën en suggesties tellen. Leraren zijn veranderdeskundigen: hun stem wordt op waarde geschat als ze lessen voorbereiden, strategieën bepalen, keuzes maken, testen en evalueren.

4. Reflectie

Reflectie is – zo houdt Knight ons voor – alleen mogelijk 'als mensen de vrijheid hebben om te accepteren of af te wijzen of datgene wat ze leren, passend is'. Wat werkt goed op hun school, in hun groep en in hun omstandigheden? Deelnemers moeten de ruimte krijgen om op basis van persoonlijke reflecties hun eigen vervolgstappen te bepalen.

5. Dialoog

Dialoog is nodig om tot dieper leren te komen en om samen ideeën uit te werken. Als het team gefocust werkt aan de afgesproken verbeterpunten, dan ontstaat er ruimte voor rijke dialogen, die oplossings- en verbeteringsgericht zijn.

6. Praktijk

Het gaat erom dat het geleerde wordt toegepast in de praktijk. Dat kan alleen als leraren de mogelijkheid hebben om uit te zoeken, te scharrelen en te 're-creëren' wat ze aan het leren zijn. Als ze hun mouwen kunnen opstropen, eens goed bekijken hoe ze nu werkelijk lesgeven, zich een nieuwe manier van werken echt eigen maken. Gekoppeld aan reflectie leren leraren nieuwe strategieën en aanpakken om beter in te spelen op de leerbehoeften van hun leerlingen. De verbinding met de dagelijkse praktijk is essentieel om te groeien van een ontwikkelcultuur naar een leercultuur.

7. Wederkerigheid

De essentie van dit uitgangspunt is dat we net zoveel verwachten als we geven. Door lespraktijken te delen verandert de houding van 'dat weet ik al' naar een lerende attitude. Wederkerigheid betekent dat we echt van en met elkaar verwachten te leren. Het is 'halen en brengen'. Teamleden ontwikkelen gezondere en sterkere relaties als ze van hun collega's net zoveel verwachten als ze geven.

Het belang van vertrouwen in 'een cultuur van ja'

In dit verband past het om het belang van vertrouwen nogmaals te onderstrepen. Vertrouwen geeft de basis voor dialoog, voor betekenisvolle gesprekken en vormt een essentieel element bij het ontwikkelen van een professionele leercultuur. Zonder vertrouwen zal het voor teamleden lastig zijn om lespraktijken te onderzoeken en fouten aan de orde te stellen. Vertrouwen staat voor de bereidheid om risico's te nemen en om kwetsbaar te zijn bij anderen. Vertrouwen is nodig om de eigen lespraktijk kritisch tegen het licht te houden, vragen te stellen, de eigen tekortkomingen te durven benoemen, anderen toe te staan om van jou te leren en nieuwe aanpakken uit te proberen.

Reflectievraag

Hoe groot zijn de onderlinge verschillen bij jou op school? En wat is de betekenis hiervan?

Leiderschap

> *Spreek aan,*
> *spreek uit,*
> *spreek af.*

Bij lesgeven zijn de omstandigheden complex: onvoorspelbaarheid regeert en er is meer kennis nodig dan een enkel individu kan inbrengen. Dat impliceert dat het centraal voorschrijven van elke stap niet zal werken. Mensen hebben ruimte nodig om te handelen, hun eigen keuzes te maken en deze aan te kunnen passen (Gawande, 2009). Als leidinggevenden de gelegenheid bieden voor gedeeld leiderschap door anderen in staat te stellen om beslissingen te nemen, zal iedereen daarvan profiteren. Het is opmerkelijk wat er gebeurt als leraren het vertrouwen krijgen om leiding te geven aan veranderingen. Als leiders op systeemniveau laten zien wat ze van leraren verwachten, demonstreren ze bovendien dat ze echt geloven in het proces en dat ze dit ook waarderen.

De rol van de leiding

Als een school tot verdere ontwikkeling wil komen, is veelal een aangepaste positie van de leiding vereist. Zo'n situatie vraagt om lerende leidinggevenden, die richting geven en die het leren vormgeven, om 'leiders in het midden'. Dit betekent een aanscherping van de huidige situatie op veel scholen. Essentieel is dat de schoolleiding zich focust op samenwerking en op het vergroten van de verbeter- en verandercapaciteit. Dit kan snel tot kwaliteitsverbetering op de hele school leiden. Haast is daarbij niet nodig; als het echt goed wordt, gaat het vanzelf snel. De paradox luidt: langzaam gaat sneller.

Veel schoolteams lijken vooral daadkrachtige leiders te willen. Daadkracht geeft – zeker voor de korte termijn – vertrouwen: 'de schoolleiding die de meeste problemen voor ons oplost'. De belofte van daadkracht leidt echter vaak tot teleurstelling. Het is uiteraard erg te prijzen als de schoolleiding oplossingsgericht werk levert; dit is echter niet genoeg. We vinden het bijvoorbeeld zeker zo belangrijk dat schoolleiders in staat zijn om de juiste vragen te stellen, dat ze vaak op de werkvloer zichtbaar zijn en dat ze ervoor zorgen dat de organisatie zich als geheel ontwikkelt. Ook horen ze de verbinding en relatie te verbeteren tussen de mensen in de organisatie (in professionele zin) en vooral te organiseren dat tijdens het werk samen wordt geleerd. Het is ook van belang dat schoolleiders ervoor zorgen dat iedereen meedoet en dat de eigen praktijken worden gedeprivatiseerd; iedereen *moet* meedoen. Daar hoort de schoolleiding voor te zorgen, er mag geen ontsnappen aan zijn.
Leerlingen worden opgeleid voor beroepen waarvan we met de beste wil van de wereld niet kunnen (en willen) voorspellen hoe die eruitzien over pakweg tien of vijftien jaar. Dit vraagt van scholen dat ze zelf een krachtig lerend vermogen hebben. Daar zijn schoolleiders voor nodig met karakter, visie, lef en doorzettingsvermogen. Waar het nog op veel scholen aan schort, is afrekenen met de vrijblijvendheid. Dat is geen verwijt. De eisen die aan schoolleiders worden gesteld, zijn de afgelopen decennia veranderd. Leidinggeven aan een schoolorganisatie is complexer geworden. De tijd van heroïsche leiders is volgens ons voorbij. Grote visies hebben een schaduwkant, ze brengen organisaties namelijk niet duurzaam verder. Organisaties hebben geen *Mr(s) Know It All* nodig. Zo'n type leider werkt wellicht in de pioniersfase van een organisatie, maar om de slag naar een lerende organisatie te maken is meer nodig. Essentieel is dat er een organisatiecultuur groeit met meerdere ondersteunende, leidinggevende rollen.

Richtinggevend én faciliterend leiderschap: hefbomen voor doorontwikkeling

Scholen hebben voor doorontwikkeling het meeste aan leidinggevenden die niet opvallen, als een goede scheidsrechter – aan leiders die onverstoorbaar en vastberaden het leren op alle lagen weten te organiseren. Ze zijn dienend aan de opdracht die iedereen helder voor ogen staat, dienend ook aan de afgesproken focus. Ze zijn leiders die niet meebuigen of omwaaien bij een zuchtje tegenwind, maar die de baas zijn als de school in zwaar weer zit en leiderschap moet worden getoond. De rol van leidinggevenden (en ook van bestuurders) is essentieel.

(Gedeeld) leiderschap is uiteraard geen blauwdruk; er zijn geen kant-en-klare modellen voor. Leidinggeven kun je niet vangen in een checklist en is al helemaal geen kunstje. Je loopt weleens een krasje op. Nodig voor succes is het combineren van flexibiliteit met het eisen van samenwerking: leiderschap dat niet op macht is gestoeld, maar wel verder gaat dan 'het Land van Leuk & Aardig'. Als leiders hun verantwoordelijkheid niet waar weten te maken, heeft dat ernstige consequenties. Ze zijn dan nauwelijks effectief in het aangaan en oplossen van problemen en moeilijkheden. Bovendien hebben ze vaker de neiging om vraagstukken buiten de school (en buiten zichzelf) te leggen.

We zien dat er met de beste bedoelingen toch vaak verkeerde 'drivers' worden gehanteerd. Het sturen op 'verantwoording afleggen' heeft een averechts effect, wat wordt aangetoond door talrijke recente onderzoeken (zie onder andere Fullan, *Vrijheid in verandering*, 2015). Het enige wat wel werkt en duurzaam effect sorteert, is schoolontwikkeling, het structureel organiseren van samenwerking en gezamenlijke inzet. Ook de volgende - soms misschien voor de hand liggende - aanwijzingen zijn van belang.

- Leiderschap hoeft zich niet steeds op vernieuwing te richten. We spreken bovendien liever van doorontwikkelen dan van implementeren, omdat 'implementeren' klinkt alsof er elke keer iets nieuws van buiten naar binnen komt.
- De beste ideeën hoeven beslist niet van de leiding te komen.
- Als iets nieuws wordt uitgeprobeerd, dan waarderen leidinggevenden de moeilijkheden die ze tegenkomen in het begin van het proces.
- Weerstand hoort erbij en is een positieve kracht in het veranderproces.
- Diepgaande veranderprocessen vragen altijd om aanpassingen in de cultuur (re-cultureren). Het gaat immers om het veranderen van routines.
- Verandering mag nooit gezien worden als een checklist, maar moet altijd worden beschouwd als een complex systeem.

De verkeerde en de juiste drivers (hefbomen) voor de leiders

Verkeerde drivers...	Juiste drivers...
leiden niet tot een positieve beweging van het systeem.	zijn ondersteund door 'evidence' en leiden tot de gewenste systeemontwikkeling.

Figuur 2.2 *Drivers die tot actie aanzetten.*

Waar moet een 'juiste driver' toe leiden of aan voldoen, zodat deze tot actie en ontwikkeling leidt? Wanneer is een driver juist voor teamleden? Wanneer komen teamleden in beweging? De juiste drivers of hefbomen:

- stimuleren intrinsieke motivatie;
- zetten aan en stimuleren tot continue ontwikkeling, zowel voor leraren als voor leerlingen;
- inspireren tot collectieve actie en teamwerk;
- hebben een positieve invloed op alle leraren en leerlingen.

Verkeerde drivers	Juiste drivers
Verantwoording	Schoolontwikkeling
Individualistische oplossingen	Gezamenlijke opbouw
Technologie	Pedagogiek
Gefragmenteerde strategieën	Systeemaanpak

Figuur 2.3 *Verkeerde en juiste drivers.*

Het werkt niet, als je teamleden vraagt om zich top-down te verantwoorden voor hun bijdrage. Het harde 'maar we hebben toch afgesproken dat' zet geen zoden aan de dijk, maar zal hooguit leiden tot vliegen onder de radar. Maar wat werkt bij het op orde krijgen of houden van de basis, wat zien we terug?

Juiste drivers	Juiste drivers in actie
Schoolontwikkeling	Focus op richting
Gezamenlijke opbouw	Cultiveren van de samenwerking
Pedagogiek	Verdiepend leren
Systeemaanpak	Slim verantwoorden

Figuur 2.4 *Juiste drivers in actie.*

Verdiepend leren gaat om het toepassen van nieuwe kennis om in de school vraagstukken uit het echte leven op te lossen en verenigt een scala aan vaardigheden en eigenschappen. 'De basis op orde' komt binnen bereik door met elkaar duidelijkheid te creëren over de gezamenlijke leerdoelen, door precisie in nieuwe pedagogieken en door verdiepend collegiaal leren te cultiveren.

Slim verantwoorden betekent het investeren in voorwaarden die een 'intern verantwoordelijkheidsgevoel' helpen ontwikkelen en dat gevoel versterken met externe verantwoording. Bij succesvolle schoolsystemen zien we mensen die zich verantwoordelijk voelen voor zichzelf en voor het geheel. Intern verantwoordelijkheidsgevoel gaat vooraf aan externe verantwoording, als duurzame verbeteringen in leerprestaties aan de orde zijn.

Vertrouwen

Vertrouwen is kwetsbaar, als het niet wordt onderhouden. Drie elementen spelen een belangrijke rol: vermogen, bereidwilligheid en integriteit. Ingeschat vermogen is situatiespecifiek: zijn de betrokken personen in staat om te doen wat ze zeggen te kunnen? Bereidwilligheid laat zien dat de betrokkenen echt meedoen en dat hun motivatie niets van doen heeft met ego, met eigenbelang of met het najagen van eigen genoegens. Integriteit omvat het leven met een set van waarden waarmee anderen in kunnen stemmen. Leiders spelen hierbij de hoofdrol (Tschannen-Moran, 2013).

Vertrouwen vraagt van leiders dat zij werken aan rijke relaties door echte betrokkenheid te tonen en een op mensen gerichte benadering te praktiseren, niet die van een afstandelijke functionaris in een kantoor. Van belang daarbij is dat schoolleiders zichzelf de volgende vragen stellen.

- Wordt onvoorwaardelijk gewerkt aan 'een cultuur van ja' (en dus niet aan 'een cultuur van ja, maar')?
- Wordt rekening gehouden met ieders belangen – vooral die van alle leerlingen?
- Zijn alle stemmen te horen?
- Worden besluiten gedeeld met het team?
- Bestaat er transparantie over de wijze waarop besluiten tot stand komen?
- Staan de gelijkheid en de prestaties van leerlingen centraal bij alles wat we doen?
- Welke risico's spelen mee? Hoe kunnen we risico's beperken?
- Welke afspraken maken we (en volgen we na), voordat we elkaar weer treffen?

Zonder het creëren en onderhouden van een klimaat van vertrouwen is het lastig om de diepte in te gaan en om kritisch naar lespraktijken te kijken.

Resultaten

> *There is no excuse for not being successful.*

Een interessant (en vermaard) onderzoek is dat van Bryk en Schneider uit 2002. Na zeven jaar onderzoek en analyse op 400 basisscholen stelden zij vast dat de resultaten op standaardtesten verbeteren naarmate er meer relationeel vertrouwen op school bestaat (tussen schoolleiding, leraren, leerlingen en ouders). Het werken aan betere resultaten valt te zien als een kwestie van lange adem. Het volgende is daarbij van belang.

- Begin bij de aandachtsgebieden die passen bij de context van de school, in de zone van naaste ontwikkeling.
- Stimuleer, maak gebruik van en faciliteer specialismen van teamleden.
- Maak afspraken in het team over (gedeeld) leiderschap en bewaak deze door expertise, acceptatie, ruimte voor ontwikkeling en fouten. Mislukken mag.
- Organiseer en faciliteer ruimte voor intensieve professionele ontmoetingen tussen leraren, liever informeel, dan formeel.
- Zorg dat de leden van coöperatieve teams of leergemeenschappen zoveel mogelijk van elkaar verschillen.
- Focus op interactie, niet meteen op het eindresultaat: maak teamafspraken over de wijze van interactie en bewaak deze. Sleutelwoorden bij het maken/bewaken/maken en bewaken van de afspraken zijn: open houding, focus op verschillen en opzoeken van het ongemak.
- Zet kleine stapjes: zorg voor kleine ontwikkelingen waaraan zoveel mogelijk mensen meewerken.
- Houd vol!

Data en actief leren

Op scholen wordt veel getoetst en getest. Te veel, als je het ons vraagt; veel testen leiden niet tot veel leren. Scholen komen over het algemeen om in de data. Deze data betreffen vooral gegevens uit assessments of learning, uit toetsen van wat leerlingen hebben geleerd. Om het leren (en onthouden) te bevorderen houden we rekening met de aloude 'vergeetcurve'.

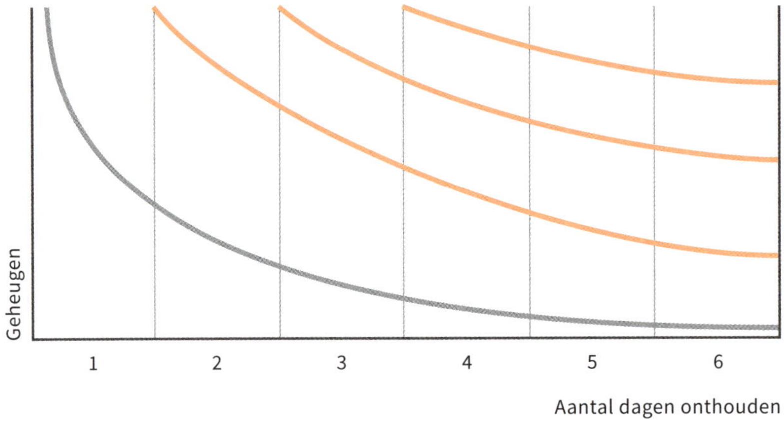

Figuur 2.5 *De vergeetcurve (Ebbinghaus, 1885).*

De Duitse psycholoog Ebbinghaus was een pionier in leerpsychologisch onderzoek. Zijn belangrijkste werk is *Über das Gedächtnis* (1885). Ebbinghaus ontdekte dat we nieuw aangeleerde dingen in het begin goed kunnen onthouden, maar dat we het geleerde steeds minder goed kunnen reproduceren naarmate de tijd verstrijkt. Nu vinden we dat heel logisch. Ons brein hanteert het use it or lose it-principe: wat we niet onderhouden, raakt snel zoek. Het schijnt dat we 40% van wat we hebben gehoord, na 20 minuten alweer kwijt zijn. Na een uur zijn we al 50% kwijt en na een week herinneren we ons vrijwel niets meer. Het maakt natuurlijk wel uit hoe fit of moe je bent. Ook maakt het verschil of je iets als tekst, visueel of op beide manieren krijgt aangeboden.

We moeten niet zozeer herhalen, als we iets echt willen onthouden, maar we moeten het levendig houden ('boosten'). Het herhalen van woorden levert niet veel op. Wat beter helpt, is oefenen, ermee aan de slag gaan, delen met medeleerlingen, reflecteren en discussiëren. Dat maakt het voor leerlingen interessanter en zinvoller. Een voorbeeld van zo'n aanpak die veel oplevert, is *spaced repetition* (gespreid herhalen), wat als volgt werkt.

- Besteed 25 tot maximaal 50 minuten aan een activiteit, niet langer.
- Besteed er de volgende dag nog een keer tijd aan. Laat de tijd tussen het leren geleidelijk toenemen.
- Leer leerlingen aantekeningen maken tijdens de les.
- Zorg ervoor dat er geen afleiding is.

- Leer leerlingen te werken met de 'sleutelwoorden-techniek': het zoeken naar de belangrijkste woorden.
- Ga eerst in op de belangrijkste ideeën/elementen, daarna pas op de details.
- Laat eerst naar de samenvatting kijken, als die er is.
- Maak het spannend: stel je voor dat het een filmscript is of een spannend boek.

We leren door te doen. Actief leren wordt veel beter onthouden en begrepen en geeft bovendien meer plezier voor leerlingen en leraren. Actieve aanpakken zorgen ervoor dat leerlingen 'hun eigen betekenis' creëren, dat wil zeggen, dat ze hun eigen denkbeelden ontwikkelen over wat ze leren. Tijdens dit proces maken ze fysiek neurale verbindingen in hun brein: het proces dat we leren noemen. Passieve methoden – zoals luisteren – vragen niet van leerlingen om deze neurale verbindingen of conceptualisaties maken.

Het belang van actief leren gaat verder.

- De leerling krijgt feedback als opvattingen nog onvolledig zijn; leerlingen worden aangemoedigd om dit te verhelpen, bijvoorbeeld door elkaar te helpen.
- Leraren krijgen feedback over welke leerlingen al inzicht tonen en wie nog hulp nodig heeft.
- Het ontwikkelt denkvaardigheden, zoals probleemanalyse en evalueren.
- Het helpt leerlingen om op realistische en nuttige manieren te leren en het belang en de relevantie ervan te zien.
- Het levert meer plezier op.
- Het legt minder druk op de leraar.
- Het helpt bij het op orde brengen van de basis.

In bijlage VII geven we concrete voorbeelden van manieren om actiever te leren.

Van enkel- tot vierslag leren

Verbeteren, vernieuwen, ontwikkelen

Een school met een groot aantal vakkundige leraren is beslist nog geen goede school. De teamleden kunnen collectief onbekwaam zijn. Effectieve samenwerking en schoolbrede onderwijskwaliteit ontstaan niet vanzelf, als je vakbekwame mensen bij elkaar zet.

> Een school heeft recentelijk een onvoldoende van de inspectie gekregen. Met name bij het onderwerp 'zicht op ontwikkeling' presteert het team onder de maat. Geconstateerd wordt dat het team niet alleen collectief ondermaats opereert, er zijn ook bedenkingen bij de vaardigheid en competenties van individuele leraren. Een teamlid verwoordt het treffend: 'We zijn al jaren ingedut, het is goed dat we wakker worden geschud.' Met dit team zijn afspraken gemaakt over de manier van lesgeven en over wat van teamleden wordt verwacht, ook in de samenwerking.

We spreken in deze fase over enkelslag leren: het gaat erom dat alle leraren effectief gedrag vertonen, zich het veranderde lesgeven eigen maken en zich aan nieuwe basisregels, -afspraken en -principes houden. Bij enkelslag leren gaat het om het niveau van kunnen, wat moet worden verbeterd. De aandacht richt zich nog niet zozeer op het niveau van waarden, meningen en mentale modellen: eerst maar eens werken aan oplossingen.
Een ervaren urgentiebesef *is* niet genoeg aanleiding om ander (les)gedrag te vertonen en versterkte samenwerking te realiseren. Mensen die erkennen en onderschrijven dat het niet goed gaat, komen niet zomaar tot ander gedrag. Ook komt het vaak voor dat een of meerdere teamleden het oneens zijn met de analyse: 'Dit wordt ons aangedaan, het is onze schuld niet.' Deze teamleden zullen niet vanuit eigen besef willen verbeteren. In deze fase werkt participatie dan niet goed, zeker niet als er sprake is van crisis. Meebeslissen over verbeterstappen (het 'wat') is ongewenst; dat kan de school zich dan echt niet veroorloven en dat wordt over het algemeen heus wel begrepen.

Bij dubbelslag leren (fase 2) komen weten en begrijpen aan bod. Inzichten worden gedeeld. Waarom-vragen zijn aan de orde, redeneringen en opvattingen komen naar voren. We zien vaak dat de aanvankelijke weerstand (uit fase 1) zoetjesaan verdwijnt. Teamleden ervaren de positieve effecten van ander gedrag en van nieuwe handelingen. Fase 2 is dan ook de fase van vernieuwen.

De stap naar fase 3 blijkt meestal niet mee te vallen. In deze fase gaat het onder meer om collectief diepgaand cognitief leren, om creativiteit in schoolteams en om inventiviteit. Van leraren wordt gevraagd om kennis te nemen van onderzoek, om samen te werken in netwerken en teams en om zich voortdurend te blijven ontwikkelen als leraar. Collega's moeten elkaar stimuleren om probleemoplossend te werken en risico's te durven nemen.
Hargreaves (2010) constateert dat in Nederland sprake is van 'watertrappelen'. Iedereen weet hoeveel energie dat kost. Hargreaves zegt letterlijk: 'The Dutch are stuck in two.' We komen maar moeizaam vooruit. De stap van *good* naar *great* blijkt een lastige. De basis is nog niet helemaal op orde.

Op macroniveau zijn drie maatregelen van belang om stappen voorwaarts te kunnen zetten (in de internationale ranglijsten), namelijk:

1. de lerarenopleidingen voortdurend verbeteren;
2. het vak van de leraar professionaliseren;
3. schoolleiders verder toerusten en bekwamen.

Op microniveau valt onder meer te denken aan:

4. zorgen voor focus (twee of drie speerpunten is al meer dan genoeg);
5. met precisie en discipline werken aan de uitvoering van elementen om de basis op orde te krijgen;
6. afrekenen met grote onderlinge verschillen;

7. volhouden, volhouden, volhouden;
8. de tijd nemen om te implementeren;
9. de strategieën toepassen die passen bij de ontwikkelingsfase. Op Nederlandse scholen wordt vaak gestreefd naar samen creëren, ook als dat nog niet de gewenste aanpak is.

In fase 2 en 3 gaat het over ongeschreven regels en dat maakt het meteen een stuk ingewikkelder. Het betreft gedrag van teamleden en vereist nauwkeurigheid in de uitvoering, werken met precisie. Cultuur ontwikkelen - met elkaar weten en proberen te achterhalen wat in de eigen omstandigheden werkt en past en wat niet - vereist grote zorgvuldigheid. Daar gaan we in ons land nog vaak te snel aan voorbij. Scholen die er de tijd voor maken, krijgen de basis op orde; doorgroeien wordt vervolgens - als de koers wordt aangehouden - welhaast vanzelfsprekend.

Richard Elmore (2008) concludeerde na langdurige observaties dat mensen alleen tot diepgaand leren kunnen komen in de setting van het werk. Dit betekent dat in de praktijk van alledag, individueel en collectief, de aandacht voortdurend dient uit te gaan naar een beperkt aantal doelen (de focus) die bepalend zijn voor succes. Leren gebeurt vooral door oefenen, oefenen en oefenen! Het heeft tijd nodig om als collectief echt goed te worden, om met toewijding de eigen accenten te doordenken, te oefenen, vol te houden, te reflecteren op de voortgang en deze accenten verder te versterken. Malcolm Gladwell spreekt in *Outliers* (2008) maar liefst over 10.000 uur. Duurzaam excellent functioneren (fase 4) vraagt eindeloze en voortdurende inspanning. Het begint echter gewoonweg altijd met het op orde brengen van de basis, in de dagelijkse praktijk.

Excellente scholen

Het predicaat 'Excellente School' geldt voor scholen met bijzondere kwaliteiten en voor scholen die uitblinken in een specifiek excellentieprofiel. Ongeveer 250 scholen in Nederland mogen dit predicaat voeren. De Inspectie van het Onderwijs kent de predicaten sinds 2012 toe; ze zijn drie jaar geldig. Met een vlag, een bordje én de titel kunnen de scholen laten zien dat ze uitblinken. De titel valt te beschouwen als een compliment aan iedereen die bijdraagt aan die kwaliteit: de leraren, de schoolleiding, de leerlingen, de ouders en het bestuur. Scholen die deelnemen aan het traject, krijgen bovendien inhoudelijke feedback op hun onderwijsconcept: aandachtspunten waarvan je kunt leren en complimenten voor wat gewoon heel erg goed is.

Wij verstaan echter iets anders onder excellente scholen. Excellente scholen zijn volgens ons onlosmakelijk verbonden met excellente leraren. John Hattie (2009) illustreert waaraan je die excellente leraren herkent:

- veel kennis en begrip van de materie waarin ze lesgeven;
- in staat om ondersteuning te bieden bij de verdieping van de lesstof;
- goed in het monitoren van het leerproces;
- vaardig in het geven van feedback die leerlingen helpt bij de vooruitgang.

Als vijfde noemt Hattie dat een excellente leraar zich bezighoudt met de houdingsaspecten van het leerproces (zoals zelfvertrouwen en motivatie). Excellente leraren in excellente scholen staan garant voor duurzame ontwikkeling: ze garanderen positieve impact op het leerproces van de leerling. De leraren zijn veranderkundigen; leerlingen wordt geleerd hoe ze kunnen leren en hoe ze hun eigen leerproces kunnen monitoren.
Peter Senge (2015) spreekt over *presence*, wat je mogelijk zou kunnen vertalen als 'welberadenheid'. Excellente scholen hebben schoolteams (en leerlingen) die alert en opmerkzaam zijn, die onverdeelde aandacht hebben voor hun werk, die continu collectief bezig zijn met duurzame ontwikkeling, hoge verwachtingen en diepgaand leren. *Presence* is het bewust en diep ervaren van het hier en nu, kijkend naar de toekomst en kijkend naar wat gewenst of nodig is met het oog op die toekomst. Excellente scholen slagen erin om een diepere manier van leren te concretiseren, waarbij observeren en waarmaken belangrijke elementen zijn. Ze zijn het resultaat van langdurige en altijd voortdurende afstemming en ontwikkeling.

Niveaus van leren

Als we voortborduren op Wierdsma en Swieringa (1999) en Kim (2007), komen we tot het overzicht van niveaus van leren.

Leerslag	**Enkelslag leren**	**Dubbelslag leren**	**Drieslag leren**	**Vierslag leren**
Domein van leren	Regels en structuren	Weten begrijpen	Principes	Zijn/presence
Categorie van leren	Moeten/mogen	Weten/begrijpen	Durven/willen	Morele doelen
Resultaat van leren	Verbeteren	Vernieuwen	Ontwikkelen	Duurzaam ontwikkelen
Stijl van de leiding	Directief	Begeleidend	Participatief	'In het midden'
Accenten	'Richten en meenemen'	'Verduidelijken en oefenen'	'Verbinden en verdiepen'	'Samen creëren en innoveren'
	↓	↓	↓	↓
	FASE 1 Van zwak naar voldoende	FASE 2 Van voldoende tot goed	FASE 3 Van goed tot steengoed	FASE 4 Van steengoed tot excellent

Figuur 2.6 *Niveaus van leren: enkelslag, dubbelslag, drieslag en vierslag.*

Verminderd monopolie

Het blijft een terugkerend, lastig thema: enerzijds hebben leraren autonomie nodig, anderzijds geldt samenwerking als een must. Leraren die te veel alleen werken, missen de slag finaal, ook al kunnen ze nog zo goed lesgeven. Om echt goed te kunnen functioneren is de ander nodig. Tegelijkertijd moet er ruimte blijven voor de eigen reflectie en eigen ideeën.

Wanneer we scholen vragen naar samenwerking – en dat doen we vaak – krijgen we vrijwel altijd als reactie dat er een of twee leraren buiten de boot vallen. Ze doen niet mee, varen hun eigen koers of drukken een negatief stempel op de schoolontwikkeling. Veelgehoorde opmerkingen daarbij zijn 'ja, maar ...' en 'je denkt toch niet dat ik dat ga doen?' Schoolleiders worstelen daarmee; ze laten de ongewenste praktijken veelal ongemoeid of organiseren eromheen. 'Bang voor boos' speelt ook mee. Aan de andere kant constateren we dat schoolleiders nog maar al te vaak 'eenzame avonturen' aangaan. Maar lang niet alle problemen kun je alleen oplossen; vaak heb je daar rugdekking en steun bij nodig.

We realiseren ons dat enige mate van autonomie inderdaad onmisbaar is. Tegelijk is verbondenheid ook essentieel. Fullan (2016) spreekt van 'autonomie in verbondenheid: een bepaalde mate van vrijheid voor creatieve en innovatieve oplossingen in ruil voor het leren van en het bijdragen aan de groei van anderen'. Monopolie is echter uit den boze. Teamleden die in isolement werken, zijn uiterst schadelijk voor de organisatie. Vrijwel alle leraren in Nederland krijgen verrassend genoeg een voldoende tot goede beoordeling, ook leraren die nauwelijks samenwerken en een minimale bijdrage leveren aan het geheel. Negatieve autonomie wordt gekoesterd. Vrijheid in de betekenis van 'we maken zelf wel uit aan welke regels we ons houden' wordt collectief gekoesterd. Het valt ons op hoeveel leraren er elke dag mee wegkomen.

> Wim werkt in het speciaal onderwijs. Alles – in elk geval vrijwel alles – wat er wordt voorgesteld, voorziet hij van negatief commentaar. Zijn uitstraling valt niet anders te typeren dan uitgesproken bozig en negatief: altijd overal tegenin gaan. De recente onvoldoende van de inspectie (vooral vanwege te weinig 'zicht op ontwikkeling' van leerlingen) is volgens Wim met name te wijten aan de schoolleiding en de bestuurder. Wims boosheid klinkt luid. De inspectie stelt volgens hem onmogelijke eisen aan de doelgroep en de schoolleiding heeft geschitterd door afwezigheid.
>
> Bij studiemomenten valt het onmiddellijk op: er vormt zich in hoefijzervorm een groepje rond Wim; de toon is gezet. Ontwikkeling blokkeert. Het belang van betere programma's voor leerlingen wordt volledig overschaduwd door de negatieve energie en het gekoesterde, vermeende eigenbelang. Wims gedrag is ronduit schadelijk; reflectie op de eigen rollen is uitgesloten, laat staan dat er ruimte is om te bouwen aan nieuwe ideeën en betere praktijken.

> De laatste maanden heeft Wim enkele gesprekken gehad. Hij is aangesproken door de schoolleiding en ook door de bestuurder. Zonder boosheid, maar tegelijk niet onderhandelbaar is hem te kennen gegeven: meedoen of helemaal niet meer meedoen. Niet meedoen is gewoonweg geen optie.
> De laatste studiemiddag weet de teamleider te melden: 'Ik heb hem zien lachen.' Wim doet mee in groepjes, draagt bij, denkt mee en heeft er schik in.

Het 'deprivatiseren' van schoolorganisaties geldt volgens ons al heel lang als de belangrijkste opdracht voor leiders. Leraren die hun eigen deuntje blijven fluiten, komen nog te vaak voor. Hun gedrag is schadelijker dan misschien wordt gedacht. Het valt wellicht ook eenvoudiger te stoppen dan wordt verondersteld. Er is in dit opzicht werk aan de winkel. Het gesignaleerde pocket veto (ja zeggen en nee doen – of ja zeggen en ja, ja denken) blokkeert het cultiveren van de samenwerking.

Sommige leraren nemen nog eenzijdig beslissingen over lespraktijken en pedagogische aanpak, ook tegen gemaakte afspraken in. De eigen inzichten, voorkeuren en routines bepalen in sterke mate hoe de praktijk verloopt. Deze leraren laten zich in hun lesgeven te weinig gelegen liggen aan de koers van de school of aan meningen van vooruitdenkende collega's. Afhankelijkheid van anderen bij het nemen van beslissingen wordt vaak geweerd. De rol van de meeste intern begeleiders en de schoolleiding is daar vaak nog niet op toegesneden. Er wordt simpelweg te weinig gecontroleerd of iedereen bijdraagt aan de afspraken die de school tot een goede school maken. Bovendien worden leraren niet genoeg ondersteund bij het bijdragen aan die afspraken. De schoolleiding en de intern begeleiders komen vaak nog te weinig in klassen. Ze worden er gemist. Het mooiste zou zijn als collega's bij elkaar deze rol ook weten te vervullen. Duidelijk is dat de ontbrekende controle en uitblijvende ondersteuning belemmerend werken voor het collectief van de organisatie.

Er bestaan twee opvattingen over autonomie, over zelfbeschikking. De eerste is negatieve vrijheid: mensen handelen in de geest van 'ik maak mijn eigen keuzes, ik maak mij zoveel mogelijk vrij van inmenging van anderen'. Eigen praktijken en aanpakken worden gekoesterd zonder dat ze zich voldoende gelegen laten liggen aan afstemming en samenwerking. Zinvolle praktijken en goede scholen ontstaan echter niet, als er nog een paar teamleden rondlopen die vanuit hun pocket veto veronderstellen dat je zingeving volledig in eigen hand kunt hebben. Op een paar plekken valt een beperkte opvatting van autonomie te zien. Wij denken dat deze opvatting obstakels vormt die in de huidige, complexe onderwijspraktijk niet meer kunnen.

De tweede opvatting van autonomie is van een heel andere orde: positieve vrijheid. Deze opvatting zien we gelukkig in veel sterkere mate terug. Een groot aantal leraren werkt vanuit positieve autonomie. Mensen laten in hun werk keuzes zien die overeenkomen met de waarden die de mensen na aan het hart liggen. Het gaat bij veel mensen zicht- en hoorbaar over de waarden die zij in hun school delen en koesteren – en die ook op papier staan. Vanuit positieve autonomie laten mensen zien dat ze door de individuele keuzes die ze maken om hun werk goed te doen, bijdragen aan de gedeelde waarden van de organisatie en dat ze de organisatie beter maken. Teamleden beseffen dat ze voor het realiseren van hun dromen en ambities afhankelijk zijn van anderen (positieve vrijheid). Ze stemmen af, koesteren de dialoog en helpen elkaar zo voortdurend bij het verbeteren van de dagelijkse praktijk en bij de complexe vraagstukken waar iedere leraar dagelijks voor wordt gesteld. Ze behouden hun eigen 'scharrelruimte', maar soleren niet. Ze geven ook gehoor aan de basisafspraken. Het besef dat er binnen de kaders zeker zoveel ruimte bestaat als erbuiten, is volop doorgedrongen en wordt doorleefd.

Volledige autonomie is negatief en zelfs destructief voor de cultuur van een organisatie. Carrie Leanna (2011) geeft aan dat de best gekwalificeerde leraren over het algemeen weliswaar betere resultaten boeken, maar dat optimaal wordt gepresteerd op scholen met een sterk sociaal kapitaal – oftewel in scholen met scharrelruimte, scholen met positieve autonomie. Diepgaande inzichten in de aard kunnen alleen ontstaan in een cultuur van samenwerking, als mensen op zoek gaan naar wederzijdse feedback. In zo'n cultuur worden afspraken vanzelfsprekend afspraak. De schoolleiding speelt er een cruciale rol in. De zeggenschap over professionalisering hoort bij positief autonome leraren. De leden van de schoolleiding creëren de leercultuur met de juiste omstandigheden om te leren. Dat is zoeken, want geen organisatie is gelijk. Omgevingen verschillen en ook de karakters van de teamleden en de historie spelen mee.

Heteronomie (stoppen met stapelen)

Er speelt nog iets anders mee, als het gaat om autonomie in verbondenheid. Tegenover autonomie staat heteronomie: opvattingen, regels en wetten van anderen, die de keuzes van leraren bepalen. Denk aan het voorschrijven van aanpakken, methodieken en werkwijzen. Het maken van centrale afspraken op basis van inzichten en visie is vrijwel nooit genoeg. Dergelijke afspraken werken een pocket veto in de hand; ze leiden maar moeizaam tot duurzaam verbeterde praktijken over de hele breedte van de school.

Ook heteronomie blijkt funest. Het leidt tot stapelen. Het leidt ook tot een gevoel van overladenheid, tot het gevoel van 'moeten, moeten, moeten': je moet uitvoeren wat anderen voor jou hebben bedacht. Heteronomie leidt vaak tot negatieve autonomie. Voorgeschreven praktijken op basis van centrale afspraken kunnen tot gevolg hebben dat mensen cosmetisch meebewegen, onder de radar vliegen of zich terugtrekken en alleen nog op hun eigen kompas vertrouwen. Weggeman (2007) noemt het 'meestribbelen': een beetje meedoen onder stil protest.

Op de dansvloer

Krachtige schoolleiders zie je vaak 'op de dansvloer'. Daar gebeurt het; niet in vergaderingen en niet op kantoor, ook al wacht er nog zoveel administratief werk. Een belangrijke Schotse onderwijsadviseur die zich 'the real David Cameron' noemt stelt in zijn voordrachten: 'The feet are doing the dancing.' Helaas zien we veel schoolleiders nog te vaak bezig met allerlei zaken die niet tot de kern behoren. De regie bij het werken aan een basis die op orde is, lijkt af en toe nog ver te zoeken. Dit is geen simpel verwijt aan de schoolleiders. Ook bestuurders dragen soms (uiteraard ongewild) bij aan de regeldruk.

Scholen krijgen meer autonomie en regie als ze:

- een samenwerkingscultuur binnen de school creëren;
- deelnemen aan lerende netwerken in en tussen scholen;
- het schoolbeleid koppelen aan de prioriteiten en eisen van de inspectie.

Dit geeft teamleden ruimte – en ruimte leidt tot groei. Scholen die zelf de regie voeren, komen veel verder dan de eisen die de inspectie stelt. Ze maken immers hun eigen kwaliteitsverhaal, dat is ingegeven door waarden, passie en ambitie. Figuur 2.7 laat zien hoe de kern van 'de basis op orde' er voor krachtige leiders uitziet.

Figuur 2.7 *De kern van 'de basis op orde'.*

Reflectievraag
Hoe staat het er wat deze vier elementen betreft in jouw organisatie voor?
Wat is 'op orde', waar valt nog het een en ander te doen?

Hoofdstuk 3

De basis op orde in de praktijk

Hoe kan ik er op school mee aan de slag?

De uitvoering in de kern

Succesvolle scholen leren van andere scholen en volgen hun eigen weg.

In *De mooiste weg* staat het schema over duurzame onderwijsontwikkeling uit figuur 3.1. Hoe bouw je aan een stevig en duurzaam kwaliteitsfundament? Welke stappen kun je zetten?

De uitvoering van 'de basis op orde' Richting geven aan duurzame onderwijsontwikkeling	
De basis op orde Onderwijs reikt verder dan de bovenste 4 centimeter van een leerling	Samen zorgen voor: • rust, plezier en structuur in de school (de organisatorische component) • het verdiepen van relaties (de pedagogische component) • het behalen van resultaten (de didactische component)
Simplexiteit Een paar woorden of een beeld zeggen meer dan dikke plannen of lange verhalen	• De focus op creatief en ondernemend onderwijs – van lesgeven naar leren leren • Niet meer dan nodig is voor leren; complexe zaken terugbrengen tot de kernboodschap • Weg met onnodige ballast
Aan de slag Hoe dikker het plan, hoe minder de actie	• Weg met dikke (van) plannen • Focus op samen leren leren (op, met en tussen alle lagen) • Doen, denken en samen denken over doen (reflectie)

Figuur 3.1 *Duurzame onderwijsontwikkeling.* Afkomstig uit: *De mooiste weg (Spitteler, J. & Buijs, R., 2013).*

Startpunt

There are no quick fixes.

Bij werken aan een basis die op orde is, hoort om te beginnen … stilstaan. Stilstaan bij waar de school nu staat, als het gaat over leerkrachtvaardigheid, samenwerking, leiderschap en de (gerichtheid op) resultaten. Als daar een eerlijk en genuanceerd antwoord op is gegeven, is het passende vertrekpunt te duiden en de eerste of volgende stap aan te geven. Het is van groot belang om aan te sluiten bij waar de school op dit moment staat, ook al is de startpositie nog zo zwak. Het heeft geen zin om vergezichten te schetsen (de stip op de horizon) als de teamleden nog niet eens door de ramen kunnen kijken. De grote beelden verlammen eerder dan dat ze beweging genereren. Het gaat om zicht op en vertrouwen in de volgende stap, niet om overzicht over de hele route.

Een school heeft een onvoldoende beoordeling van de inspectie gekregen. Voor het team en alle andere betrokkenen was dit een onaangename verrassing. De school heeft immers een goede naam.

> De teamleden krijgen de vraag om de school te scoren op leerkrachtvaardigheid, samenwerking, leiderschap en de (gerichtheid op) resultaten en om deze scores te onderbouwen. De waarderingen zijn hoog. Het team beoordeelt zichzelf als een erg goed team.
> De kritische vraag hoe het dan toch komt dat de inspectie een onvoldoende geeft, leidt aanvankelijk tot stilte. In het gesprek dat daarop volgt, komen de teamleden er echter snel uit: de samenwerking en het samen leren zijn onder de maat, evenals de gerichtheid op resultaten. Er is – zo stellen de teamleden vast – veel te winnen. Later geven ze te kennen hoezeer ze deze logische constatering als erg confronterend hebben ervaren.

Hoe kun je werken aan een basis die op orde is? We hebben al eerder aangegeven dat we graag zouden zien dat scholen (en besturen) zoeken naar simplexiteit. Weg met wat niet de kern raakt. Alles wat afleidt (*the distractors*): niet doen! We zeggen het stevig: kijk kritisch naar alles wat er gebeurt, stop met elkaar bezighouden. Waar worden scholen beter van en niet alleen in cognitieve zin? Waar gaan leraren nog beter van lesgeven? Wat hebben ze nodig voor de dag van morgen en overmorgen? Wat leidt tot betere resultaten? Wat is de kern? Het volgende voorbeeld geeft aan hoezeer leraren afgeleid kunnen worden door wat de kern niet raakt.

> Kitty is een ervaren leraar, die dit jaar aan het werk is in groep 5, die bestaat uit 32 leerlingen. Dat is een pittige klus, temeer omdat er diverse leerlingen met 'extra ondersteuningsbehoeften' in deze groep zitten.
> Het schooljaar is een maand onderweg. Kitty vertelt dat – na een maand – het werkplezier eindelijk terugkomt. De start heeft ze als verschrikkelijk ervaren. Ze heeft aan de directie gevraagd of dit echt niet anders kan.
> In de eerste twee weken stonden zes overleggen op het programma: het opstellen van groepsplannen, het doornemen van die plannen met de taal- en rekenspecialist en het sparren over de plannen met maatjes. Ondertussen had Kitty haar handen meer dan vol aan de dagelijkse besognes. Wegwijs worden met de ingewikkelde leerlingen in haar groep kostte veel aandacht en energie. Ze is er niet of nauwelijks aan toegekomen. Ook merkt ze op dat er zoveel kinderen in de groep zitten aan wie ze graag meer aandacht zou schenken. 'Het zijn zulke schatjes.'

Simplexiteit houdt voor ons in dat we voortdurend samen zoeken naar de succesvolle activiteiten die de gewenste verbetering versterken. Het houdt ook in dat we allemaal concreet en precies werken met lesgewoonten die veel rendement hebben, niemand uitgezonderd. Deze gewoonten hebben de status 'nauwelijks onderhandelbaar'. De niet-aflatende consequente houding van vandaag levert langzaamaan de innovatie op voor morgen en overmorgen. Word beter in wat al bekend is, voordat je je vleugels uitspreidt.

'Terug naar de kern' levert ons het lijstje in figuur 3.2 op.

Complexiteit	**Simplexiteit**
Overdaad (aan overleg, aan activiteiten)	Focus en 'op de dansvloer'
Afspraak is een beetje afspraak	Discipline, precisie, volhouden en ... plezier
Van alles op het bord (stapelen)	Het eigen menu
Verantwoorden en afrekenen	Samen vanuit de gedeelde waarden
Opbrengstgericht werken	Focus op doelen (taal, rekenen) en ... creativiteit, spel, beweging en muziek
Het accent op formeel leren	Vooral leren in, van, op het werk in de dagelijkse praktijk
Stevige plannen, SMART aan de voorkant	Kleine stapjes in de richting van het doel, werken aan waarneembaar gedrag, SMART ontstaat gaandeweg

Figuur 3.2 *Terug naar de kern: van complexiteit naar simplexiteit.*

Simplexiteit én samenwerken

> *Houd alles zo simpel mogelijk, maar maak het ook niet simpeler dan het is.*
> - Albert Einstein

Simplexiteit en samenwerken zijn niet vanzelfsprekend. Volgens Fullan (2015) gaat samenwerken over:

> ... het belang om met elkaar binnen de organisatie aan de slag te gaan. Door mensen vertrouwen te geven en in hun kracht te zetten, komt het leren van en met elkaar op gang en komt het team tot creatieve oplossingen. Collegiaal leren gaat echter niet vanzelf: in het collegiaal leren werpen mensen soms blokkades op. Een manier om die blokkades weg te nemen is te starten met een 'praktisch' probleem waar teamleden last van hebben. Daardoor ontstaat betrokkenheid en het gevoel dat we er met elkaar ook echt iets aan gaan doen. Met elkaar breng je grote veranderingen tot stand door kleine stapjes te zetten in de richting van je doel.

Hier past volgens ons een aanvulling bij. Praktisch met een probleem aan de slag gaan kan leiden tot middelmatigheid. Van groot belang is vooral om er met plezier aan te werken, om ernaar te streven dat ieder teamlid er warm voor loopt. Het werk doet ertoe.

Samenwerking klinkt aantrekkelijk, eenvoudig en logisch, maar valt in de praktijk niet mee. Filosoof Alain de Botton (*NRC*, september 2017) verwoordt dit treffend:

> Mensen dienen te begrijpen dat samenwerken met anderen altijd moeilijk zal zijn. Een van de grootste vijanden van succesvolle samenwerking is de veronderstelling dat het makkelijk is om collega's te hebben. We begrijpen onszelf vaak niet eens, laat staan anderen. Een collega

> is een ingewikkeld geval en jij bent ook ingewikkeld voor een ander. Je hebt vergelijkbare uitdagingen als bij een liefdesrelatie, alleen mag je thuis harder schreeuwen en uit je dak gaan. De kans dat je daar wordt vergeven, is aanzienlijk groter.

Hoe kom je tot een goede samenwerking?

- Stel eenvoudige vragen.
- Denk eenvoudig; probeer het echt simpel te houden. Wat is de bedoeling? Waarom willen we dit?
- Voer simpele acties uit, maar verwar simpel niet met naïef.
- Los kleine problemen op; maak problemen niet groot en niet ingewikkeld.
- Gun jezelf kleine beloningen. Wees tevreden met kleine stappen voorwaarts.
- Herken kleine waardevolle momenten en deel ze.

Van leidinggevenden mag worden gevraagd dat ze simplexiteit in de organisatie brengen en dat ze teamleden volgens de inzichten van simplexitieit aansturen. Samenvattend kunnen we stellen dat simplexiteit van leidinggevenden vraagt dat ze steeds een simpele, consistente en duidelijke boodschap voor hun mensen hebben. Die boodschap bestaat uit de volgende ingrediënten:

- visie. De boodschap geeft richting, is aantrekkelijk en gaat steeds over de overbrugbare kloof. De boodschap is ook realistisch en ambitieus.
- focus. De boodschap is doel- en resultaatgericht en voor iedereen betekenisvol.
- verbinding. De boodschap past in de traditie van de organisatie, verenigt de ideeën van velen en stimuleert collegiaal leren.

Het bouwen van het fundament

Bij het bouwen aan een basis die op orde is, hebben we voor het bouwen van het fundament vier stappen voor ogen.

Vier stappen voor het bouwen van het fundament

1. Transparantie
2. Creëren van een collaboratieve aanpak
3. Een duidelijke aanpak: verminderen, herzien, verwijderen
4. Betrokkenheid gecultiveerd

Bij transparantie gaat het om de volgende vragen. Is het probleem of de vraagstelling duidelijk? Weten we waar we staan? Erkennen we de stand van zaken, ook als deze niet rooskleurig is? Worden excuses en verwijten vermeden?

Bij het creëren van een collaboratieve aanpak is iedereen nodig. Verder zijn een cultuur van 'ja' en een gemeenschappelijke taal van belang. Bij het creëren van zo'n aanpak moeten ook leerlingen en hun ouders worden betrokken.

Een duidelijke aanpak vereist focus: je moet niet met van alles en nog wat bezig zijn. Bekijk welke lopende initiatieven minder kunnen of niet nodig zijn. Begin bij de leerlingen: wat wil je voor hen? Sleutelwoorden in deze stap zijn: *less but better* en het verminderen van afleiding.

Centraal bij het cultiveren van betrokkenheid staan de volgende begrippen: 'halen en brengen' en regelmatige feedback. Elke bijeenkomst dient een opbrengst te hebben.

Stoppen met stapelen

> 'Er komt alleen maar werk bij, er gaat nooit iets af.'

Werkdruk geldt als een belangrijk thema in veel scholen. Een van de factoren die daarbij een rol spelen is wat 'stapelen' wordt genoemd: het opeenstapelen van steeds nieuwe plannen en activiteiten. In sommige scholen valt de berg nauwelijks te overzien. Het lijkt erop dat leraren in deze scholen soms 'stapelgek' worden. Ze verdrinken bijna in de activiteiten en houden amper het hoofd boven water. 'De basis op orde' blijft ver uit zicht.

Mogelijke verklaringen hiervoor zijn onder andere te vinden in *Stoppen met stapelen* (Frans van Loef, 2013). 'Stapelgekke' scholen hebben de volgende kenmerken.

- Het valt niet te zien, wanneer de school vol zit.
- Er zijn te veel keuzes. Bij veel scholen ligt simpelweg te veel op het bord. Er wordt niet gekozen, te weinig gefocust. We merken op dat scholen maar liefst een stuk of vijftien plannen in het jaarplan opnemen. Het mag duidelijk zijn dat bij alle activiteiten het nauwelijks mogelijk is om nog naar behoren les te geven en te presteren. Het levert leraren het gevoel op altijd tekort te schieten.
- Implementeren is niet sexy of swingend. Een nieuwe methode of aanpak doorontwikkelen kost en vraagt langere tijd aandacht. Die tijd wordt er meestal niet voor gemaakt.
- Er is op scholen sprake van een teveel aan informatie.
- Ouders en besturen vragen steeds meer, zelden minder.
- Scholen die stapelen, besteden te veel tijd aan de verkeerde onderwerpen.

Ook ervaren 'stapelgekke' scholen druk van de inspectie, die een te voorschrijvend kader zou hebben. Op scholen met veel 'stapelen' smijten leraren met capaciteit; het gaat alle kanten op. We spreken daarom van gefragmenteerde organisaties. De consequenties zijn ernstig. De complexiteit binnen de organisatie neemt toe, evenals het naar binnen gerichte. Het klantperspectief (leerlingen en ouders) verdwijnt naar de achtergrond.

Het merendeel van ons gedrag is onbewust en automatisch. Als het al te druk is, vallen leraren vanzelf terug op wat ze al deden, op hun routines. Ontwikkeling kan dan nauwelijks van de grond komen, ondanks het harde werken. Het gevoel van 'moeten, moeten, moeten' levert constante druk en haast op. Er is nergens tijd voor. Het valt niet mee om dan nog tot resultaten te komen. Zonder focus zit je de hele dag te 'zappen'.

Waarom wordt er niet ingegrepen? Wat maakt dat het stapelen niet stopt?

- Het ontbreekt aan helder perspectief. Wat is de koers? Wat is de bedoeling?
- Iets bedenken kost meer tijd dan gewoon iets doen wat al bekend is. Stilstaan en overdenken is er nauwelijks bij.
- Het zelf wissen van een activiteit of idee is niet genoeg. Leraren maken vaak hun eigen keuzes, maar het collectief gaat gewoon door. Er wordt veel half werk geleverd.
- Er is een duidelijk verband tussen werkdruk en resultaat.
- Stapelen versterkt de complexiteit. De oplossingen zijn uit beeld.
- Starten is krachtig, stoppen wordt als zwak gezien.
- Extra capaciteit is lang niet altijd de oplossing. Er wordt vaak gevraagd om 'extra handen', maar die brengen geen duurzame oplossing.

Waarom is stoppen met stapelen van belang?

- Er komt organisatiecapaciteit vrij. De school krijgt weer 'lucht'.
- De school kan zich sneller aanpassen en wordt rustiger.
- Er is meer focus: de aandacht voor het welzijn en het presteren van leerlingen neemt toe, net als de aandacht voor het welzijn van ouders.
- Het leidt onherroepelijk tot betere resultaten.
- Er ontstaat minder werkdruk en het vertrouwen dat 'de goede dingen gebeuren' neemt toe.
- Het vertrouwen in elkaar en in de leiding neemt toe.
- Er is meer fitheid in de tent en meer plezier.

Hoe te stoppen met stapelen?

Het valt niet mee om te erkennen dat 'heel druk' soms ook een gewoonte, een manier van doen is. Je hoort maar weinig zeggen dat alles relaxed is en goed te doen valt. Doorzien en toegeven dat je soms bezig bent met nauwelijks zinvolle zaken, valt nog niet mee. Bovendien speelt emotionele verbondenheid met het werk mee, wat het extra lastig maakt om er afscheid van te nemen. In figuur 3.3 is te zien hoe je kunt komen tot stoppen met stapelen.

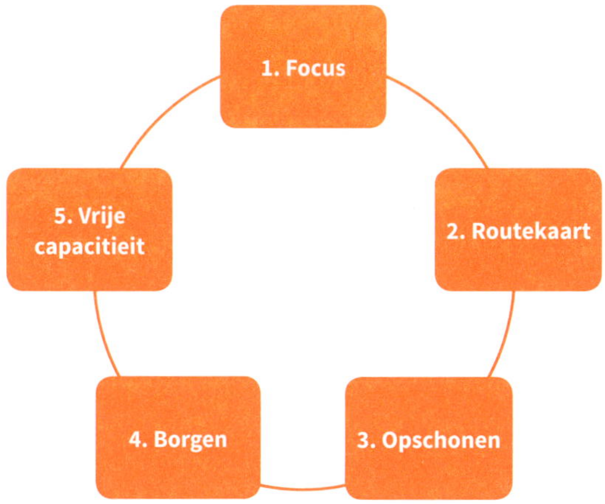

Figuur 3.3 *Stoppen met stapelen.* Afgeleid van: *Stoppen met stapelen (Loef, F. van, 2013).*

1. Focus

Het begint – zoals steeds – met focus: inzetten op een paar speerpunten, de belangrijkste doelen in beeld brengen en houden. Welke kant gaat de organisatie op en waarom? Houd de voortgang concreet bij en werk met precisie. Een groot voordeel van focus met precisie is dat deze ook doorwerkt in de andere activiteiten van leraren. Bij focus wordt alles beter. Als je alles probeert te doen, gebeurt er niets.

2. Routekaart

Maak de voortgang zichtbaar en meet voortdurend hoe het gaat. Scholen doen dat inmiddels volop. Verbeterborden en scrum helpen om de ontwikkeling zichtbaar te maken. Iedereen wordt betrokken, het gebeurt mét de teamleden. De belangrijkste zaken blijven voortdurend op de radar en op de agenda. Visualiseren van de voortgang heeft veel impact. Bij overleggen komen de belangrijkste doelstellingen en topprioriteiten steeds terug. Hanteer ook de 80/20-regel die bij 'vrije capaciteit' aan bod komt.

3. Opschonen

Het helpt om nog eens goed te kijken naar de overlegsituaties. Hebben ze allemaal betekenis of past een kritische blik? Ook de agenda van de leiding vraagt om een nadere beschouwing. We spraken onlangs een schoolleider die in de voorbije week drie uur op de school aanwezig was. Dit geeft te denken: was het allemaal zinvol, droeg het in voldoende mate bij aan de eigen school? Eerlijke reflectie lijkt op zijn plaats.

Een ander punt van aandacht is dat op veel scholen meerdere werkgroepen aan de slag zijn. Sommige werkgroepen bestaan langere tijd en het effect lijkt niet altijd meer zichtbaar. Zelf houden we meer van 'tijdelijke wegenwachten': korte, snelle bijdragen van groepjes, passend bij de focus – met een kop en een staart en met een einddatum en een concreet resultaat.

4. Borgen

Borgen valt te omschrijven als het systeem van maatregelen om het beleid en de doelstellingen op het terrein van kwaliteit vast te stellen en om deze doelstellingen ook effectief te behalen. Dit behelst onder meer plannen, implementeren, bewaken en corrigeren. Het is het onderdeel van het kwaliteitsbeleid dat zekerheid moet verschaffen over het vervullen van de kwaliteitseisen. Dat is hard nodig bij een basis die op orde is: het komen tot beredeneerde vanzelfsprekendheid. Niet in de plannen, maar in de hoofden en harten van de teamleden.

Borgen is echter lastig. Kwaliteit van onderwijs is niet uit voorraad leverbaar; echte kwaliteit wordt elke dag tevoorschijn 'getoverd' in de praktijk op school. De plannen kunnen er nog zo goed uitzien, de kwaliteit wordt bepaald door wat er in het leerproces gebeurt: de praktijk is leidend. Ook voor borgen geldt de eis dat simplexiteit telt. Morieux en Tilleman (2014) schrijven: 'Naarmate de complexiteit toeneemt, wordt vooruitgang minder waarschijnlijk en komen prestaties en betrokkenheid uiteindelijk tot stilstand.'

Om te borgen hebben we een simplexiteit-mindset nodig; beleid en plannen schieten immers altijd tekort. Je kunt hoogstens zeggen dat het goed op papier staat. Michael Fullan gaf eens de volgende aanwijzing aan leraren: 'Handel voortdurend in de geest van het beleid op basis van transparante waarden en doelen.' De belangrijkste concrete les bij borgen is volgens ons: waken voor wat we 'micro-management-waanzin' noemen. Deze leidt tot complexiteit, met onvermijdelijk 'gerommel' en half werk tot gevolg. Beheersen gaat – gelukkig maar – niet lukken.

Bij 'de basis op orde' organiseren we bij borgen in een continu proces vier elementen in de school:
1. positieve autonomie en samenwerking;
2. feedback;
3. verantwoordelijkheid;
4. verspreiding (door brede interactie).

5. Vrije capaciteit

De vrije ruimte die in een organisatie kan ontstaan door op te schonen en te focussen, slibt binnen de kortste keren weer dicht als schoolteams niet uitkijken. Het is zaak om keer op keer kritisch te bekijken wat er echt gebeurt. Controle is nodig. Het is ook van groot belang om scherp vast te houden aan de doelen. Het gaat om *doen* en veel minder over praten over doen.

Organisatiecapaciteit kun je vrijmaken door te zoeken naar de balans tussen stoppen en stapelen. Een beproefde aanpak is het toepassen van het supermarktprincipe: als er iets bijkomt, waar kunnen we dan mee stoppen; wat kan eraf? Een andere manier is het schaarsteprincipe. Wat zijn de belangrijkste activiteiten? Bij dit principe gaat het om het bewust inperken van de beschikbare capaciteit voor activiteiten, uiteraard tot een acceptabel niveau. Meer handen in de school leidt echt niet altijd tot betere prestaties, meer focus, aandacht en voortgang op de gekozen prioriteiten wel. Focus is essentieel.

Het 80/20-denken en -handelen (het Pareto-principe) sluit prima aan op het schaarsteprincipe. Je wilt zo min mogelijk tijd besteden aan zaken die er niet echt toe doen, dus wat is echt de moeite waard? De naam 'Pareto-principe' komt van de Italiaanse econoom Wilfred Pareto, die honderd jaar geleden een interessante ontdekking deed: hij stelde vast dat 80% van de bezittingen in Italië in handen was van 20% van de bevolking. Toen hij verder ging kijken, ontdekte hij dit patroon vaker. De veralgemeende regel luidt: 80% van de uitkomsten wordt veroorzaakt door 20% van de oorzaken.

Wij kunnen dit principe in ons voordeel gebruiken: hoe kom je tot de beste resultaten met zo min mogelijk inspanning? Als je *echt* veel tijd wilt besparen, is het essentieel dat je regelmatig onderzoekt hoe het er bij jouw organisatie voorstaat: zoek constant naar de 20% van de inspanningen die zorgen voor 80% van de resultaten.

Ontvetten

Bij de basis op orde krijgen hoort ook 'ontvetten': ontvetten van de leerplannen, de lesinhouden, de methodes en de programma's. We denken dat het curriculum van veel scholen op dit moment simpelweg te vol zit. Bovendien kunnen we niet meer zo goed weten wat leerlingen allemaal moeten leren. Heb je weleens in een schriftje van vroeger gekeken? Heb je nog enig idee wat je toen allemaal moest leren en wist? In de afgelopen jaren is er alleen maar toegevoegd aan de curricula, in het streven om de toename van kennis en inzichten te volgen.

De Britse onderwijsexpert Geoff Petty (1993) spreekt van een perverse paradox: hoe meer we de leerplannen overladen, hoe minder de leerlingen leren. Gelukkig is er sprake van actualisering van de eindtermen. De beslissingen die leraren in hun eigen klas nemen, zijn echter eveneens cruciaal. Het valt ons regelmatig op dat leerlingen in de bovenbouw van een basisschool de hoofdbewerkingen (zoals tafels en breuken) onvoldoende beheersen, terwijl ze met het programma doordenderen. We plaatsen daar vraagtekens bij; deze leerlingen lopen gegarandeerd vast.

Het is van groot belang dat leraren kritisch kijken naar hun lesprogramma. En dan niet alleen, maar samen. Wat vinden we echt wezenlijke kennis, wat horen leerlingen te beheersen? Hoe overvoller het leerplan, hoe meer leraren de neiging hebben om maar door te denderen. Leraren hebben dan al helemaal de tijd niet meer om meer ondersteuning en aandacht te geven aan leerlingen die extra ondersteuning nodig hebben. Al met al leidt dit slechts tot vluchtige kennis, die snel verdampt en tot het leren van trucjes. Als leraren samen naar lesprogramma's kijken, nemen ze bij het saneren over het algemeen de juiste beslissingen (mits ze data gebruiken). Wanneer ze dat alleen doen, begeven ze zich op spiegelglad ijs.

Het is tijd om het leerplan, de methoden en de onderwijsprogramma's te ontvetten. Het gaat niet om de pure kwantiteit van de behandelde leerstof, maar om de diepgang van het leren. Het gaat niet om de hoeveelheid kennis die de leraar aanbiedt, maar om het inzicht van leerlingen in complexe verbanden. Het gaat ook niet om het aantal oefeningen of de hoeveelheid huiswerk die leerlingen maken, maar om het aantal sleutelcompetenties die leerlingen echt beheersen.

Kennis is overal. Leerlingen weten die over het algemeen verbluffend snel te genereren en te reproduceren. Het gaat echter om de diepgang waarmee leerlingen de lesstof begrijpen. Het gaat erom dat ze die inzichten toe kunnen passen om beslissingen te nemen en problemen op te lossen, om ze creatief te kunnen bewerken - en daarbij rekening te houden met de gevolgen van die beslissingen voor anderen en hun omgeving.

Verbeteren, veranderen: coherentie

> *Als we 21e-eeuwse scholen willen,*
> *dan kunnen we geen 20e-eeuwse leiders zij*n.

In deze paragraaf gaan we in op coherentie: het raamwerk voor schoolontwikkeling. Fullan en Quinn (2016) hebben dit raamwerk uitgewerkt in hun boek *Coherence*, in het Nederlands vertaald als *De verbindende schoolleider*. Het raamwerk verschaft ons een compleet kader voor het zorgvuldig bouwen aan een duurzame organisatie die de basis op orde heeft. Uiteraard kunnen ook andere kaders voor de gewenste ordening zorgen en ons de bouwstenen leveren voor het realiseren van onze voornemens. Eén element speelt echter altijd mee: bij elke succesvolle verandering verbeteren de onderlinge relaties in een team.

Fullan en Quinn geven de nieuwe rol van de leider aan. Scholen die aan de basis op orde werken, vinden zelf in belangrijke mate het wiel uit. Wat is voor deze school wenselijk en passend - in de praktijk, daarbij gebruikmakend van data, eigen ervaringen en kennis van anderen? Ze werken cyclisch aan nieuwe elementen van de schoolpraktijk, waarbij het leren van iedereen vooropstaat. Iedereen doet mee, niemand zit op de tribune. Teams werken aan activiteiten op concreet niveau. De sleutel is co-creatie. De leidinggevenden luisteren, leren mee en stellen vooral vragen. Ze helpen bij het uitkristalliseren, verwoorden (een gemeenschappelijke taal geven) en terugkoppelen van wat ze zien en ervaren in de school. Ze staan hardop stil bij de impact van de gezamenlijke ontwikkelingen.

Of de basis op orde is, wordt vooral bepaald door het gedeelde, diepe begrip van wat er in de school echt toe doet en hoe daar gezamenlijk vorm aan wordt gegeven. Waar wil de school voor staan? Welke resultaten worden samen behaald? Hoe wordt ervoor gezorgd dat elke leerling succesvol kan leren? Haast is daarbij een slechte zaak: het bouwen aan capaciteit, het zorgen voor diepgang en het vergroten van eigenaarschap en verantwoordelijkheid kosten nu eenmaal tijd.

Van leidinggevenden mag worden verwacht dat ze het gezamenlijke leerproces van leraren vormgeven, gefocust op elke dag een beetje beter lesgeven, terwijl ze ondertussen in het team samen uitzoeken wat in hun situatie wel en niet werkt. Er zijn vier intrinsieke motivatoren:

1. een gezamenlijk doel;
2. meesterschap;
3. enige mate van autonomie;
4. verbinding.

Verder zijn minstens zes spelregels voortdurend van kracht.

1. Ga langzaam om snel te kunnen gaan.
2. *Talk the walk*: verkondig voortdurend de boodschap en laat je niet afleiden door de waan van de dag.
3. Verander de groep met de groep.
4. Precisie in het werk, geen voorschriften.
5. Werk aan vertrouwen en communicatie, openhartigheid en (positieve) autonomie.
6. Verbind buiten met binnen: ga ook naar buiten om binnen te kunnen leren.

Langzaam gaan ... terwijl er soms snelle verbeteringen worden gevraagd, het valt niet mee.

Het Coherentie-raamwerk

Om de richting verder te concretiseren maken we dankbaar gebruik van het raamwerk uit *Coherence* (figuur 3.4). Michael Fullan en Joanne Quinn (2016) bieden ons na jarenlang onderzoek een kader dat bruikbaar is voor een heldere analyse en om systematisch te werken aan ontwikkeling op korte en langere termijn.

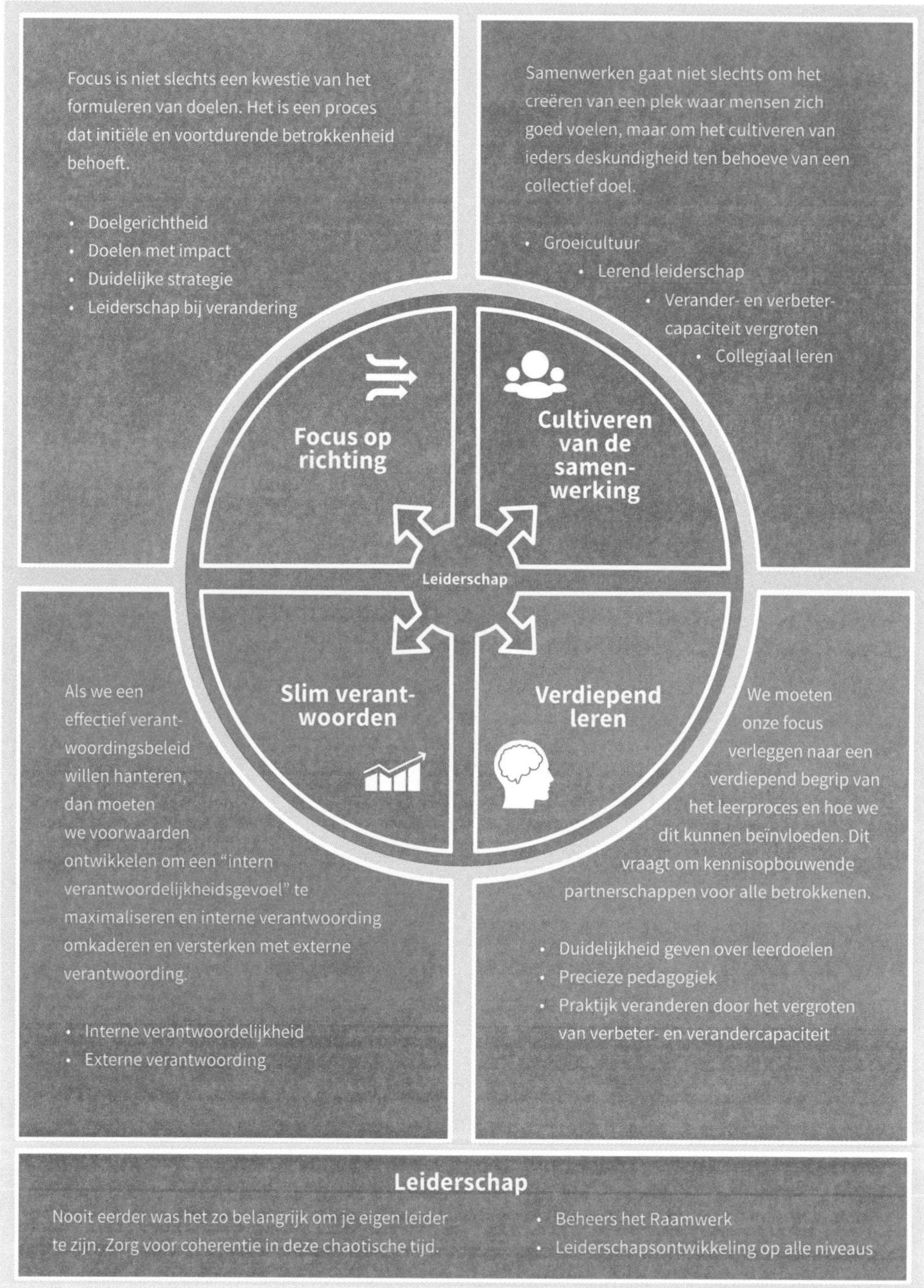

Figuur 3.4 *Het Coherentie-raamwerk.*
Afkomstig uit: *Coherence (De verbindende schoolleider) (Fullan, M. en Quinn, J., 2016).*

Vier onderdelen van de school behoeven aandacht: focus op richting, cultiveren van de samenwerking, slim verantwoorden en verdiepend leren.

Focus – stappen zetten in de goede, samen af te spreken richting

Focussen gaat over het ontwikkelen van leiderschap bij alle teamleden. Het gaat vooral ook over het creëren van een compact, gezamenlijk gedragen plan (met slecht twee of hooguit drie speerpunten) waarbij doelgerichte samenwerking centraal komt te staan. Op veel scholen staan nu nog te veel pannetjes op het vuur, terwijl de gemeenschappelijke basis broos is. Focussen is niet zozeer een democratisch proces, waarbij iedereen meepraat. De centrale gedachte is dat je de groep nodig hebt om de groep te veranderen. Daarbij hoort de collectieve gerichtheid op resultaten ('het hele kind') en op continue verbetering in het middelpunt te staan. Het centrale idee is: wat hebben we samen de komende tijd te doen?

Een verbeterde samenwerkingscultuur creëren en vervolgens de samenwerking cultiveren

Alleen een nog beter lerende en samenwerkende cultuur zal een school verder brengen. Voor duurzame ontwikkeling is focus op de cultuur en op het individu nodig. Van alle teamleden wordt verwacht dat zijn een zinvolle bijdrage leveren en dat zij vanuit een cultuur van 'ja' samenwerken om het waardevolle van de school uit te bouwen.

Verdiepend leren

De pedagogische component kan een krachtig kenmerk zijn van een school in ontwikkeling. De onderlinge verschillen mogen niet in de weg staan. Deze tijd vraagt om anders leren: leerlingen horen meer centraal te staan. Biesta (2014) schrijft onder andere over subjectificatie. Daarbij vragen de volgende elementen om versterking:

- duidelijkheid over de gezamenlijke verdiepende leerdoelen: eerst samen de basis op orde zien te krijgen;
- precieze pedagogiek met gelijkluidende accenten in de hele school;
- de verbeter- en verandercapaciteit in de samen afgestemde schoolmodus: welke twee of drie aspecten zullen het leren van onze leerlingen versterken en versnellen?

Slim verantwoorden

Slim verantwoorden begint met de collectieve gerichtheid op het constant verbeteren en verfijnen van de onderwijspraktijk. Zo ver zijn de meeste scholen nu nog niet. Er is nog flinke winst te behalen, als we kijken naar het intern afleggen van verantwoording. We missen het sturen op verbetercapaciteit, zodat verantwoorden simpeler en niet meer onderhandelbaar wordt. Doorontwikkeling kan echt alleen een kans krijgen, als leraren elkaar ook meer feedback geven en meer hun praktijken delen. Daar is in eerste instantie vooral ondersteuning voor nodig, geen correctie.

Er is over het algemeen meer coherentie nodig als scholen willen doorontwikkelen. Samengevat gaat het om de combinatie van:

- versterking van de gezamenlijke doelgerichtheid en interactie: minder stapelen, meer focus;
- minder nieuwe initiatieven en ideeën, uitbouwen van wat er al is;
- vergroten van verbeter- en verandercapaciteit, met versterkte sturing van de leiding;
- helderheid: transparantie door de hele organisatie;
- precisie in het handelen van alle teamleden;
- beter monitoren (ondersteunen en controleren) van de voortgang en de samenwerking;
- organiseren van en zorgen voor voortdurende afstemming en bijstelling.

Het design: het leren georganiseerd

Een van onze motto's bij het realiseren van een basis die op orde is, is: wat je ook wilt, organiseer het samen leren concreet. Dat wil niet zeggen dat we er vaste en strakke structuren voor ontwikkelen. We faciliteren het leren en houden daarbij een flinke speelruimte aan. Waar nodig geven we enige structuur aan. We werken continu aan:

- het diepere begrip van samen leren en van hoe we leren;
- het besef dat het van belang is dat leraren elkaar feedback geven, samen lessen voorbereiden, succescriteria benoemen, samen evalueren en tal van andere manieren vinden om samen te werken;
- 'halen en brengen': elke bijeenkomst willen we concrete opbrengst.

We maken onder meer gebruik van het 70:20:10-principe van de Australische consultant Charles Jennings (2002).

70% 'On the Job' Gedeelde ervaringen en praktijken	20% Informeel leren	10% Formeel leren

Figuur 3.5 *Het 70:20:10-principe van Charles Jennings.* Afkomstig uit: *Uplifting Leadership (Hargreaves, A., Boyle, A. & Harris, A., 2015).*

Dit principe brengt het grote belang van informeel leren tot uitdrukking. De exacte getallen zijn arbitrair, er bestaat uit wetenschappelijke hoek forse kritiek op. Er wordt zelfs gesproken van 'misleidende retoriek' (Vermeren, 2015). De indicatie en vooral de bedoeling blijven echter wat ons betreft overeind. Het is geen recept. Jennings spreekt zelf van een *framework* – niet van een richtsnoer – en geeft aan dat je alleen kunt leren, wanneer je gewoonten doorbreekt. De verhouding 70:20:10 staat voor:

- 70% leren door te werken;
- 20% leren door coaching en feedback;
- 10% leren door formele training.

Het principe speelt mee bij meer kennisintensieve beroepen. In veel van deze beroepen word je niet zozeer goed in het werk door formeel leren, maar vooral door wat je tijdens het werk ervaart en leert. De traditionele manieren van leren en scholing, hoe goed ook uitgevoerd, volstaan in dergelijke beroepen niet. Klassieke training faalt in het veranderen van gedrag, aangezien:

- er nauwelijks ruimte bestaat om te oefenen;
- kennis alleen tijdens de scholing wordt gecreëerd en niet op de werkvloer;
- leidinggevenden niet betrokken zijn bij het leerproces;
- het bij 'klassieke' scholing meestal bij een eenmalige gebeurtenis blijft;
- complexe taken weg van de werkplek worden georganiseerd, niet in de dagelijkse praktijk.

Jennings houdt ons de vier manieren voor waarop volwassenen leren:

1. door middel van nieuwe uitdagingen, door out of the box denken. Wanneer je je openstelt voor nieuwe ideeën, kun je leren. Mensen die 'innerlijk ontslag' hebben genomen, reflecteren nauwelijks en zullen zich in hun vak amper verder ontwikkelen.
2. door middel van gesprekken. Jennings houdt een pleidooi voor netwerken: in gesprek raken met interessante mensen in en buiten het vakgebied.
3. door middel van oefenen. Zoals gezegd vindt een groot deel van de belangrijke leermomenten plaats tijdens het werk in de dagelijkse praktijk.
4. door middel van reflectie. Het is cruciaal om de tijd te nemen om naar het eigen werk te kijken, te doorgronden wat er beter kan, fouten te onderkennen en te verbeteren.

Bij 'de basis op orde' beseffen we dat leraren hun werk niet beter zullen uitvoeren door louter stevige scholing (door experts van buiten) in te zetten. Ook vergaderen en het maken van heldere afspraken gaan niet voldoende bijdragen. Scholing kan beslist een rol vervullen, met name bij teams in fase 1 en 2, maar we ervaren dat teamleden en vakspecialisten beter de meeste scholing zelf kunnen verzorgen. Het overgrote deel van ons leren bestaat uit sociaal leren. We werken vooral aan betere praktijken op de volgende drie manieren:

1. door leren in het werk te verankeren;
2. door opdrachten in de praktijk uit te voeren;
3. door wat je hebt geleerd te delen met anderen.

Veel leidinggevenden vinden het desondanks lastig om het leren op de werkvloer vorm te geven;

het voelt soms ongemakkelijk. Bij traditionele, formele scholing ziet alles er overzichtelijk uit; iedereen bevindt zich aan boord, in dezelfde ruimte. Op het eerste oog hebben leidinggevenden bij informeel leren minder grip op het leren, maar na een tijdje zullen ze ervaren dat het zicht juist versterkt. Ervaren lerende leraren gaan meestal zelf aan de slag en organiseren hun leren zelf. Opgelegde structuren werken dan zelfs belemmerend.

Formele scholing blijft hoe dan ook gewenst en nodig, maar vooral op een andere manier. Het leereffect van teamleden scholen door collega's blijkt groot. Wanneer leraren kennis overdragen aan anderen, gaan ze zelf ook op zoek naar nieuwe kennis. Zo leert de collega-leraar informeel door het formeel lesgeven aan collega's.

De basis op orde... In kort en ongetwijfeld onvolledig bestek hebben we getracht om aan te geven wat het van scholen zoal vraagt om te zorgen voor een solide en duurzaam kwaliteitsfundament. Het begint met verbinding, focus en - we sluiten aan bij De staat van het Onderwijs (2019) - het maken van heldere keuzes over gezamenlijke doelen en ijkpunten.

Het is vooral de kunst om niet nog meer te doen, maar om scherp de samen geformuleerde doelen in de dagelijkse praktijk uit te werken, tussentijds te evalueren en de ruimte te benutten die er voor bestaat. De inspectie wil brede kwaliteit belonen. Vorm en inhoud geven aan de bedoelingen, de keuzes en kaders leidt tot betere resultaten dan het 'inkleuren' van opgelegde. Met kleine stappen voorwaarts.

Literatuur en bronnen

Literatuur en bronnen

Aamodt, S. & Wang, S. (2012). *Het kinderbrein. Hoe kinderen zich ontwikkelen, en wat ouders kunnen doen om te helpen*. Utrecht/Antwerpen: Kosmos Uitgevers.

Biesta, G. (2012). *Goed onderwijs en de cultuur van het meten. Ethiek, politiek en democratie.* Amsterdam: Boom Lemma uitgevers.

Biesta, G. (2012). Giving teaching back to education. *Phenomenology & Practice*, *6*(2), 33-49.

Biesta, G. (2015). *Het prachtige risico van onderwijs*. Culemborg: Uitgeverij Phronese.

Biesta, G. (2018). *De kunst van het lesgeven*. Culemborg: Uitgeverij Phronese.

Buijs, L. (2015). *The imbalance between European children's active and inactive behaviors at school.* Afkomstig van http://www.bitescience.com/knowledgedatabase.aspx.

Burgers, B. (2018). *Masterplan Bewegend Leren*. Utrecht: Springlab.

Chemoweth, K. (2017). *For schoolimprovement, demographics aren't destiny.* Afkomstig van https://www.edweek.org.

Collins, J. (2001). *Good to Great. Waarom sommige bedrijven een sprong vooruit maken ... en andere niet*. Amsterdam: Business Contact.

Csikszenmihalyi, M. (1990). *Flow: The psychology of optimal experience*. New York: Harper Collins.

Csikszenmihalyi, M. (2003). *Flow in zaken. Over leiderschap en betekenisgeving.* Amsterdam: Boom uitgevers.

Dweck, C. S. (2007). *Mindset, de weg naar een succesvol leven.* Amsterdam: Uitgeverij SWP.

Elmore, R. (2011). *I used to think … and now I think. Twenty leading educators reflect on the work of school reform*. Cambridge, MA: Harvard Educational Publishing Group.

Fullan, M. (2013). *Stratosphere. De verbindende kracht van technologie, pedagogie en veranderkunde.* Helmond: Uitgeverij OMJS/Stichting De Brink.

Fullan, M. (2016). *Vrijheid in verandering.* Helmond: Uitgeverij OMJS/Stichting De Brink.

Fullan, M. & Quinn, J. (2016). *De verbindende schoolleider (Coherence)*. Uitgeverij OMJS/Stichting De Brink.

Gladwell, M. (2009). *Outliers, the story of success*. Londen: Penguin Books.

Hargreaves, A., Boyle, A. & Harris, A. (2015). *Uplifting leadership. Over opwaartse kracht in organisaties.* Helmond: Uitgeverij OMJS/Stichting De Brink.

Hargreaves, A. & Fullan, M. (2013). *Professioneel kapitaal. De transformatie van het onderwijs in elke school*. Den Haag: Stichting Duurzaam Leren.

Hattie, J. (2013). *Leren zichtbaar maken.* Rotterdam: Bazalt Educatieve Uitgaven.

Inspectie van het Onderwijs, Ministerie van Onderwijs, Cultuur en Wetenschap (2019). *De staat van het Onderwijs 2019*. Den Haag: OCW.

Katz, S. & Dack, L. A. (2013). *Intentional interruption: Breaking down learning barriers to transform professional practice*. Thousand Oaks, CA: Corwin.

Katz, S., Earl, L. & Ben Jafaar, S. (2009). *Building and connecting learning communities: The power of networks for school improvement*. Thousand Oaks, CA: Corwin.

Kohn, A. (2005). *Unconditional parenting. Moving from rewards and punishments to love and reason. New York: Atria Books.*

Loef, F. van (2013). *Stoppen met stapelen. Waarom organisaties overbelast zijn – en hoe je dat voorkomt*. Culemborg: Van Duuren Management.

OESO (2016). *Foundations for the future*. Afkomstig van: https://www.oecd-ilibrary.org.

Petty, G. (1993).*Teaching today, a practical guide (5th edition).* Oxford: Oxford University Press.

Sharratt, L. & Fullan, M. (2009). *Realization: The change imperative for deepening district-wide reform*. Thousand Oaks, CA: Corwin.

Spitteler, J. & Buijs, R. (2013). *De mooiste weg*. Helmond: Uitgeverij OMJS.

Weggeman, M. (2007). *Leidinggeven aan professionals? Niet doen!* Schiedam: Uitgeverij Scriptum.

Wierdsma, A. & Swieringa, J. (2003). *Lerend organiseren. Als meer van hetzelfde niet helpt.* Groningen/Utrecht: Noordhoff Uitgevers.

Op internet:

i-ReadyCentral.com.

Oefenweb.nl

Veranderwijs.nl

Bijlagen

Bijlagen: werkbladen

In de interactie geven we betekenis aan wat we belangrijk vinden.

I Het fundament - de organisatie
II De basis op orde - diagnose
III Kenmerken per fase
IV De pedagogische aanpak
V Reflecteren op lesgeven
VI De schaal van vertrouwen
VII Het design - de organisatie van het leren (een voorbeeld)
VIII Het inspectiekader voor leerlingen

I Het fundament – de organisatie

1.	• Richting • Betekenisgeving (waarden) • Ambitie • Ontwikkeling	Focus: 'een beperkt aantal gemeenschappelijke doelen'
2.	• Sociaal verkeer • Dialoog • Afstemming en feedback • Samenwerking	Ondersteunende cultuur: 'een cultuur van "ja"
3.	• Financiële en materiële voorzieningen • Overlegdesign • Gesprekkencyclus	Ondersteunende structuur: 'een betrouwbaar fundament'
De basis op orde – de organisatie		

II De basis op orde – diagnose

Kenmerken	Wat zie ik al?	Wat zie ik (nog) niet?	Aanbeveling
1. De school is een plaatje om te zien en het leren is zichtbaar			
2. Instructiepraktijken gedeeld			
3. Leerlingenbetrokkenheid optimaal			
4. Feedback (op, tussen en door alle lagen)			
5. Coöperatief leren			
6. Doorgaande lijn			
7. Afgestemd klassenmanagement			
8. Beweging, licht en frisse lucht			
9. Spel			

Conclusie: is de basis op orde?

Interventiefase
1 – 2 – 3 – 4

Opdracht
Maak met leraren, leerlingen en ouders aan de hand van de lijst op de vorige bladzijde een ronde door de school en noteer per criterium de volgende zaken.

1. Wat zien we al?
2. Wat zien we (nog) niet?
3. Kom tot één aanbeveling.

De aanbevelingen worden verzameld en uitgewerkt in meetbare doelen. Vervolgens werk je de actiepunten uit in een matrix met actie op alle lagen (deel/team, leiderschap, leerlingen, persoonlijke actie enzovoort).

Geef daarna aan met welke actiepunten uit de matrix je gaat beginnen.

III Kenmerken per fase

Kenmerken	Fase 1	Fase 2
1. De school is een plaatje om te zien en het leren is zichtbaar	Initiëren en controleren	Initiëren en faciliteren
2. Gedeelde instructiepraktijken	(Aan)leren en afstemmen Het fundament leggen Lesgeven op de kaart zetten	Afstemmen en inslijpen Gezamenlijke taal Inhoud-houding-verhouding
3. Optimale leerlingenbetrokkenheid	Aangaan Sturen	Aankijken Support bieden
4. Feedback (op, tussen en door alle lagen)	Verbinden Feedback organiseren	Volhouden Feedback periodiek organiseren Bij elkaar (blijven) kijken
5. Coöperatief leren	Samenwerken organiseren Geen eenzame avonturen Investeren in een cultuur van samenwerking	Samenwerken Open deuren Het samen leren organiseren (het design)
6. Doorgaande lijn	Afstemmen programma's en inhouden (wat en hoe) Afstemmen op eisen inspectie (basis op orde)	Samen voorbereiden Eisen inspectie
7. Afgestemd klassenmanagement	Eigen bv's en negatieve autonomie beëindigen Eenduidig	Gemeenschappelijke kaders Uniform
8. Beweging, licht en frisse lucht	Richting van boven	Individuele ruimte bepaald door acteren binnen gemeenschappelijke kaders
9. Spel	Afspraken Wat is 'niet-onderhandelbaar'? Vaststaande of groeimindset	Afspraken van binnenuit Groeimindset Nieuwe perspectieven verkennen/delen

Kenmerken	Fase 3	Fase 4
1. De school is een plaatje om te zien en het leren is zichtbaar	Organiseren en ondersteunen	Volgen (in het spoor houden)
2. Gedeelde instructiepraktijken	Volhouden en 'spelen binnen de kaders'	Doorontwikkelen
3. Optimale leerlingenbetrokkenheid	Aanspreken Steunen	Aangeven Spreiden
4. Feedback (op, tussen en door alle lagen)	Slim verantwoorden	Slim verantwoorden in- en extern
5. Coöperatief leren	Samen leren, samen delen Investeren in professioneel kapitaal Cultiveren van de samenwerking Groeimindset	Professioneel kapitaal Samen innoveren Groeimindset
6. Doorgaande lijn	Regisseren 'eigen' kwaliteit Vormgeven ambitie, verder dan de inspectie	Minder maar beter Diepgaand leren Drie- en vierslag leren
7. Afgestemd klassenmanagement	Afstemming op basis van gemeenschappelijke visie Vrijheid in gebondenheid (binnen kaders)	Afstemming vanuit gemeenschappelijke visie Pluriform
8. Beweging, licht en frisse lucht	Gezamenlijke ruimte	Professionele ruimte
9. Spel	Gezamenlijke taal Groeimindset Gespreid leiderschap	Gezamenlijke taal, gespreid leiderschap en doorgroeien

IV De pedagogische aanpak

Het verschil tussen *doing to* en *working with*

We bepleiten het maken van een eigen pedagogische huisstijl. Onderstaande kenmerken kunnen helpen bij het omschrijven en uitwerken van de schooleigen aanpak.

Kenmerken		
1.	De kinderen en hun individuele ontplooiing centraal	
2.	Betrokken leraren	
3.	Duidelijke grenzen en toezicht	
4.	Voldoende aandacht en acceptatie van de leerling	
5.	Hoge verwachtingen: veeleisend	
6.	Respect van en voor leerlingen	
7.	Respect van en voor ouders	
8.	Ondersteuning van leerlingen	
9.	Warmte	
10.	Controle	
11.	Gezag	
12.		
13.		

Mogelijke aanpak

1. Bespreek en beoordeel de stand van zaken.
2. Spreek samen de gewenste accenten af: wat behoeft allereerst actie en hoe?
3. Leg ook voortgangs- en evaluatiemomenten vast.

V Reflecteren op lesgeven

Leraren die nauw samenwerken, kijken bij elkaar, delen praktijken. Onderstaande reflectievragen dragen bij aan verdieping van het leren.

Individueel	**Collectief**
Wat verschilde van mijn huidige praktijk?	Welke elementen waren hetzelfde als wat we bij ons lesgeven al doen?
Wat ging goed?	Waarom ging het goed?
Wat ging niet goed?	Waarom ging het niet goed?
Wat heb ik geleerd?	Welke lessen kunnen we leren, zodat ons lesgeven er beter van wordt?
Wat (als ik iets specifieks kies) zal ik blijvend in mijn lesgeven veranderen?	Wat (als we iets specifieks kiezen) zullen wij blijvend in ons lesgeven veranderen?

VI De schaal van vertrouwen

Op weg naar betere resultaten

Vertrouwen staat aan de basis van samenwerking.

1.	Leraren in deze school vertrouwen elkaar.	
2.	Het is prima om in deze school gevoelens, zorgen en frustraties met andere leraren te bespreken.	
3.	Leraren respecteren andere leraren die de leiding nemen bij schoolverbeteringsinzet.	
4.	Leraren respecteren de collega's die expert zijn in hun vakgebied.	
5.	Leraren voelen zich gerespecteerd door andere leraren.	

Hoe scoor jij op de vijf thema's van de schaal van vertrouwen?

De schaal van vertrouwen is gebaseerd op Bryk & Schneider (2002). (Bryk & Schneider 2002)

VII Het design – de organisatie van het leren

Een voorbeeld

Doel

☐ Re-creatie van de (overleg)structuur en cultuur voor een professionele, lerende organisatie.

Motto's

☐ Zonder passie is niemand geïnteresseerd, zonder verantwoordelijkheid(sgevoel) wordt het niet beter.

☐ Mensen willen wel veranderen, maar niet veranderd worden.

Informatiebeleid

☐ Briefings – twee keer per week een briefing 's morgens.

☐ TWO's – tijdelijk werkbare overeenkomsten: we maken (voorlopige) afspraken, blijven niet steken in discussie, gaan aan de slag en evalueren de voortgang. Werkt het, dan houden we het erin; werkt het niet, dan stellen we bij.

☐ Haal- en brengplicht! Iedereen doet mee.

☐ We beschrijven wat we doen met behulp van ODAT's (onderwerp-doel-aanpak-tijd). We houden het simpel.

Individuele medewerkers	**Groep**	
Gesprekkencyclus	**Structuur**	**Cultuur/attitude**
De gesprekken in het teken van feedback en dialoog ☐ Functioneringsgesprek (FG) ☐ Beoordelingsgesprek (BG)	☐ Team Ontwikkel Plan (TOP)	
En ook ☐ Voortgangsgesprekken ☐ Collegiale consultatie ☐ Feedbackmomenten ☐ 3-minuten kijkwijzer ☐ Coaching ☐ Supervisie ☐ Intervisie	☐ Maatjesleren ☐ Kritische vriend ☐ Brainstormmomenten ☐ Debriefing ☐ Themamomenten ☐ Good practices-momenten ☐ Next practices-momenten ☐ Milestone-momenten ☐ Overleg in groepen ☐ Uitdagende werkvormen ☐ Didactisch werkoverleg ☐ Verandering als projectdefiniëring ☐ Markt ☐ Wandelvraag ☐ Wandelgangenvraag ☐ Denkhoeden (De Bono)	☐ Kwaliteitskringen ☐ Radarmomenten ☐ Borgingsmomenten ☐ Duoleren ☐ Zelfsturende (sub)teams ☐ Vieringen ☐ Leernetwerk

VIII Het inspectiekader voor leerlingen

Leerlingen van de Beatrixschool in Heemstede kijken met het schoolteam periodiek naar de kwaliteit van het onderwijs op school. De school hanteert het concept VierKeerWijzer® en werkt onder meer met leerstijlen.

Onderwijsproces

A Aanbod

- Wat leer je van VierKeerWijzer?
- Hoe vind je dat de leerstijlen ingezet worden bij taal en rekenen?
- Wat leer je op school nog meer dan taal, rekenen en zaakvakken?
- Hoe is onze school betrokken bij de wereld en zorgen we voor elkaar of een ander?
- *Wat gaat goed en wat kan beter?*

B Zicht op ontwikkeling

- Hoe vind je het om met een portfolio te werken?
- Weet je zelf of je met leren gegroeid bent? Hoe weet je dat?
- *Wat gaat goed en wat kan beter?*

C Didactisch handelen

- Hoe vind je dat de leraren lesgeven? Denk hierbij aan uitleg, hulp en afspraken, maar ook aan het aanbod.
- *Wat gaat goed en wat kan beter?*

Schoolklimaat

A Veiligheid

- Hoe gaat de school om met pesten?
- Weet je bij wie je terechtkunt, als je iets kwijt wilt of als je wordt gepest?
- *Wat gaat goed en wat kan beter?*

B Pedagogisch klimaat

- Hoe vind je dat we op school omgaan met elkaar?
- Zijn de afspraken en regels duidelijk voor jullie?
- *Wat gaat goed en wat kan beter?*

Heb je tips en tops voor school?

In deze reeks verscheen eerder:

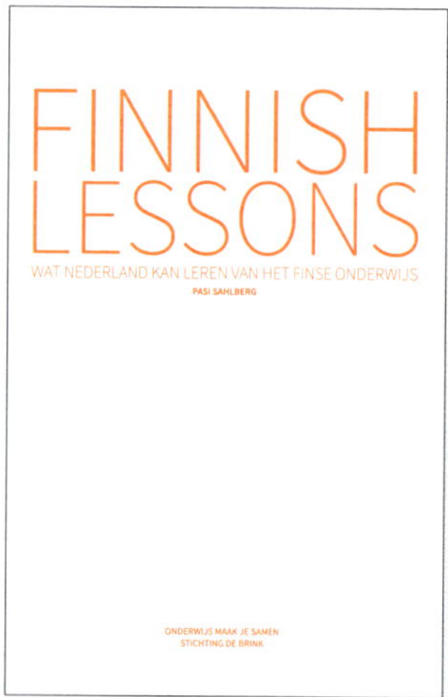

Finnish Lessons *Wat Nederland kan leren van het Finse onderwijs*
Auteur: Pasi Sahlberg

Wat kunnen wij in Nederland leren van het Finse onderwijs, om ons goede onderwijssysteem te transformeren naar een steengoed onderwijssysteem? Pasi Sahlberg beschrijft in zijn boek vlijmscherp wat de geheimen van en de uitdagingen voor de Finse onderwijs zijn. Hij beschrijft vijf redenen waarom Finland een voorbeeld kan zijn voor de rest van de wereld.

Nederlandse vertaling in samenwerking met Stichting de Brink.

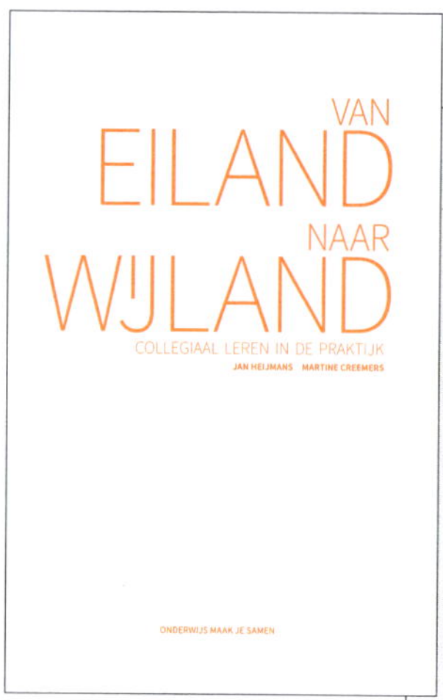

Van eiland naar WIJland *Collegiaal leren in de praktijk*
Auteurs: Jan Heijmans en Martine Creemers

In navolging op de succesvolle publicatie ‘Finnish Lessons’, brengt Onderwijs Maak Je Samen ‘Van eiland naar WIJland’ uit. In deze publicatie gaan we dieper in op het organiseren van een lerende organisatie. Hoe kunnen we elkaars professionele ontwikkeling stimuleren? En hoe bereiken we een ‘halen’ – ‘brengen’ systeem van kennis en vakmanschap binnen een school en bestuur?

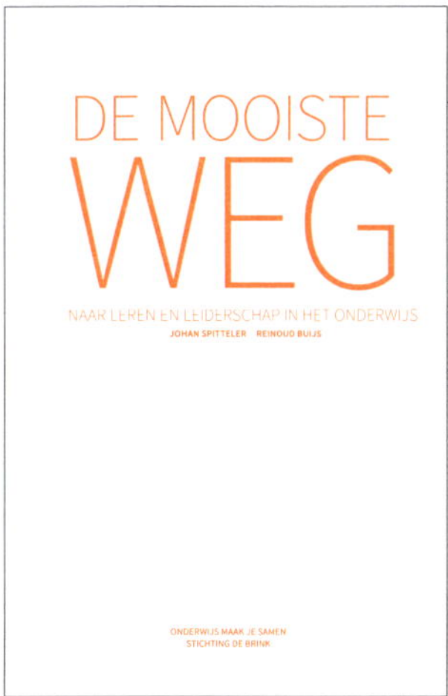

De mooiste weg *Naar leren en leiderschap in het onderwijs*
Auteurs: Johan Spitteler en Reinoud Buijs

'De mooiste weg' gaat over leidinggeven aan kwaliteitsbeleid in het onderwijs en over het leren van teams.
Dit boek is geschreven om aan te geven dat je van het werken aan kwaliteit kunt genieten, als je je eigen (samen wel overwogen) keuzes maakt en daar met je collega's je eigen route en manieren voor zoekt. Het is gebaseerd op interactie, verbinding op alle lagen, verantwoordelijkheid en eigenaarschap.

In samenwerking met Stichting de Brink.

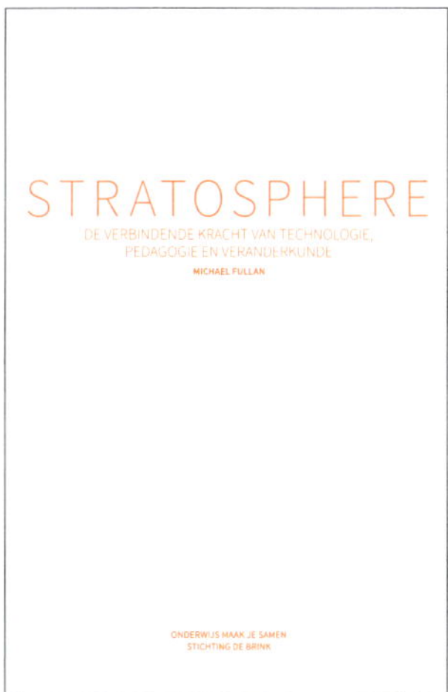

Stratosphere *De verbindende kracht van technologie, pedagogie en veranderkunde*
Auteur: Michael Fullan

Stratosphere gaat over 'Toekomstig Leren in een alom verbindende digitale wereld', waar informatie, communicatie en technologie altijd en overal beschikbaar zijn.
Deze Nederlandse vertaling van het boek van Michael Fullan, geeft ons dieper inzicht in de noodzaak om pedagogie-technologie-veranderkunde te koppelen, zodat het leren en lesgeven in scholen in de toekomst er anders uit gaat zien.

Nederlandse vertaling in samenwerking met Stichting de Brink.

Bekijk deze en meer uitgaven op
www.onderwijsmaakjesamen.nl/webwinkel

De schoolleider - *Strategieën die het verschil maken*
Auteur: Michael Fullan

Schoolleiders worden vaak beschouwd als de op één na belangrijkste beïnvloeders (na leraren) in het leerproces van leerlingen. Maar wat moet de schoolleider doen om leerlingenprestaties te verbeteren? In 'De schoolleider' licht Fullan toe waarom het antwoord niets te maken heeft met een te sterke focus op onderwijskundig leiderschap of autonoom ondernemerschap. Hij toont op systematische wijze aan hoe de toekomstige rol van de schoolleider moet veranderen en laat zien hoe dit in een kort tijdsbestek, op grote schaal, bereikt kan worden.

Nederlandse vertaling in samenwerking met Stichting de Brink.

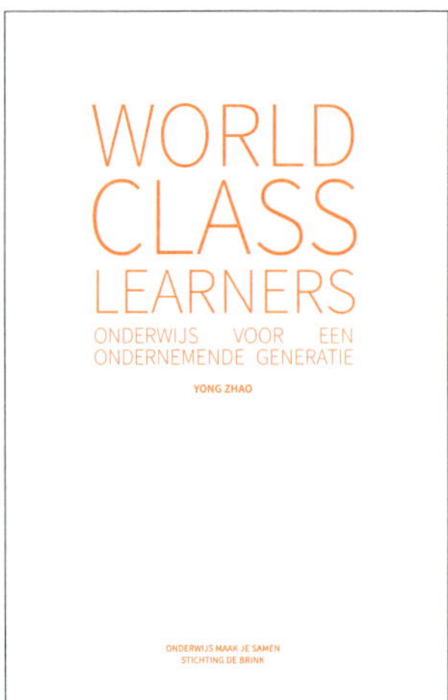

World Class Learners *Onderwijs voor een ondernemende generatie*
Auteur: Yong Zhao

In de nieuwe mondiale economie, zullen veel banen die nu bestaan er niet meer zijn, tegen de tijd dat de huidige generatie leerlingen het werkveld betreedt. Om te slagen in deze steeds veranderende wereld, moeten studenten in staat zijn om te denken als ondernemers: vindingrijk, flexibel, creatief en mondiaal.

Nederlandse vertaling in samenwerking met Stichting de Brink.

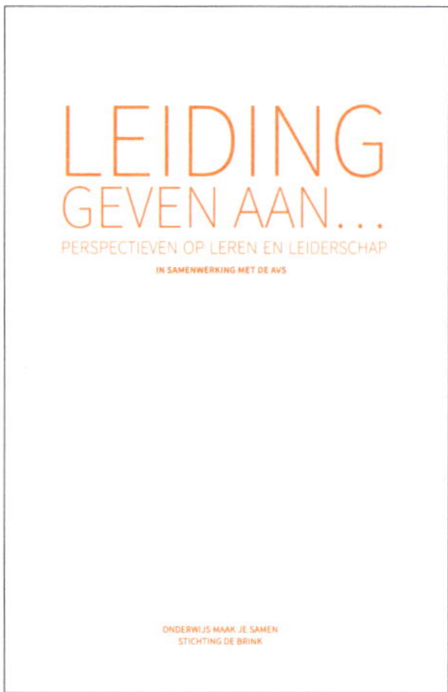

Leiding geven aan... *Perspectieven op leren en leiderschap*
Auteurs: Reinoud Buijs, Martine Creemers, Frank Cuppers, Petra van Haren, Jan Heijmans, Berend Redder, Martijn Smoors, Johan Spitteler en Michel van de Ven

Als schoolleider heb je indirect invloed op de leerling en zijn ontwikkeling, maar een directe invloed op het welbevinden en de betrokkenheid van je teamleden. Onderwijs vraagt om leiderschap met lef, dat ruimte biedt en wat meer verbeelding vraagt. In dit boek beschrijven de auteurs in negen hoofdstukken, op basis van State of the art theorie, praktische tips en treffende voorbeelden, actuele thema's waarmee schoolleiders van nu de nodige uitdagingen (kunnen) ervaren. De themakeuze is gebaseerd op alles wat de auteurs horen en proeven in hun werk als trainer, opleider of adviseur, maar is vooral ingegeven door (inter)nationale onderwijsontwikkelingen.

Nederlandse vertaling in samenwerking met Stichting de Brink.

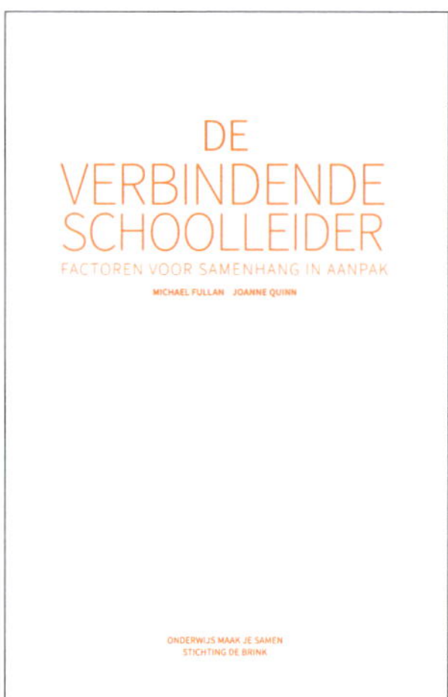

De verbindende schoolleider *Factoren voor samenhang in aanpak*
Auteurs: Michael Fullan en Joanne Quinn

Complexe tijden vragen om heldere oplossingen. Als een veelheid aan initiatieven en versnipperde (deel)oplossingen de verwezenlijking van de meest effectieve plannen tegenhouden, dan is het tijd om op een andere manier te gaan leiden. Maar hoe kun je succesvolle en duurzame verandering tot stand brengen?
De verbindende schoolleider voorziet in de inzichten en middelen om effectief leiderschap aan te zwengelen.

Nederlandse vertaling in samenwerking met Stichting de Brink.